Top 10+

Capodopere ale literaturii de pretutindeni
într-o colecţie a celor mai îndrăgite bestselleruri.

H.P. Lovecraft, *At the Mountains of Madness*

www.polirom.ro

Editura POLIROM
Iași, B-dul Carol I nr. 4; P.O. BOX 266, 700506
București, Splaiul Unirii nr. 6, bl. B3A, sc. 1, et. 1, sector 4, 040031, O.P. 53

Descrierea CIP a Bibliotecii Naționale a României:

LOVECRAFT, H.P.

În munții nebuniei / H.P. Lovecraft; trad. din lb. engleză de Mircea Pricăjan. – Ed. a 2-a. – Iași: Polirom, 2020

ISBN: 978-973-46-8285-0

I. Pricăjan, Mircea (trad.)

821.111

Printed in ROMANIA

H.P.

LOVECRAFT

În munţii nebuniei

Traducere din limba engleză
de Mircea Pricăjan

POLIROM
2020

Pasionat încă de mic de poezia arabă și de mitologia greacă, de chimie și astronomie, H.P. LOVECRAFT (1890-1937), celebrul autor de „weird fiction", se dovedește un copil precoce. În 1904, după moartea bunicului, bunăstarea familiei intră în declin, odată cu starea de spirit a lui Lovecraft, care, ratând absolvirea liceului, e obsedat de gândul sinuciderii. Pasiunea pentru lectură îl salvează însă și Lovecraft începe să se implice în viața literară a vremii, intrând într-o celebră polemică versificată cu unul dintre semnatarii unei rubrici din revista *The Argosy*. În perioada 1915-1923 gerează chiar el un ziar, *The Conservative*, în vreme ce colaborează intens cu alte reviste, publicând eseuri și poezie. Moartea mamei, în 1921, aduce o nouă perioadă neagră în viața lui Lovecraft, din care avea să-l salveze în scurt timp întâlnirea, la o conferință a jurnaliștilor, cu Sonia Haft Greene, cea care urma să-i fie soție. Cuplul se mută în Brooklyn, iar viața lui Lovecraft se îndreaptă către recunoașterea ca scriitor profesionist, odată cu primele povestiri publicate în *Weird Tales*, o revistă newyorkeză de literatură de consum. Precaritatea pecuniară, izolarea și valul de „străini" care asaltau orașul îi inspiră lui Lovecraft o ficțiune nostalgică (*The Shunned House*, 1924), dacă nu de-a dreptul înnegurată și pesimistă (*The Horror at Red Hook*, 1925). În 1926, cei doi se întorc în Providence, unde trei ani mai târziu se despart. Va urma însă o perioadă fastă, când Lovecraft își descoperă în sfârșit filonul de scriitor de ficțiune stranie, fantezistă, inspirată de supranatural și chemarea către cariera de om de litere. Acum publică proze celebre precum *The Call of Cthulhu* (1926; *Chemarea lui Cthulhu*, Polirom, 2019), *At the Mountains of Madness* (1931) și *The Shadow out of Time* (1934-1935). Tot acum sprijină cariera unor scriitori tineri precum August Derleth, Donald Wandrei, Robert Bloch sau Fritz Leiber. Ultimii trei ani de viață i-au fost umbriți de nesiguranță. Povestirile i se vând din ce în ce mai greu, se întreține din redactări și scrieri la comandă, poezie și nonficțiune. Moare în iarna lui 1937, bolnav și nefericit. Prozele lui, care nu apucaseră să fie publicate laolaltă în timpul vieții, vor apărea abia în 1939, în volumul *The Outsider and Others*, titlu urmat de altele, reluate în multe ediții și traduse în numeroase limbi, datorită cărora H.P. Lovecraft și-a câștigat intrarea în canonul literaturii americane și universale.

Capitolul 1

Mă văd forțat să rup tăcerea întrucât, deși nu știu de ce, cercetătorii au refuzat să-mi asculte sfatul. Nu-mi doresc nicidecum să divulg motivele pentru care mă opun acestei invazii plănuite a Antarcticii – ampla căutare a fosilelor, forajele la scară largă și topirea anticelor calote glaciare. Și sunt cu atât mai reticent la ideea asta, cu cât strigătul meu de alarmă ar putea fi în zadar.

E inevitabil ca faptele reale, așa cum va trebui să le dezvălui, să nască îndoială; și totuși, dacă aș tăinui ceea ce va părea extravagant și incredibil, nu ar mai rămâne nimic. Fotografiile, deopotrivă terestre și aeriene, ținute până acum departe de ochii lumii, îmi vor susține pledoaria, căci sunt necruțător de vii și elocvente. Dar îndoiala va persista, căci, grație inteligenței, orice se poate falsifica. Desenele în cerneală, desigur, vor fi luate în derâdere, considerate evidente măsluiri, în pofida tehnicii bizare pe care experții în artă ar trebui să o remarce și care, astfel, i-ar putea pune pe gânduri.

În cele din urmă, trebuie să mă bazez pe judecata și statutul celor câțiva cercetători de frunte care au, pe de o parte, suficientă independență de gândire ca să-mi evalueze informațiile după meritele lor intrinsec-hidoase sau în lumina unor anumite cicluri mitologice primordiale și extrem de derutante; pe de altă parte, suficientă influență ca să-i împiedice pe exploratorii lumii, în general, să inițieze orice program pripit și mult prea ambițios în regiunea acelor munți ai nebuniei. Este păcat, totuși, că oameni relativ necunoscuți asemenea mie și asociaților mei, având legături doar cu o mică universitate, au șanse reduse de-a trezi interesul când vine vorba de chestiunile bizare sau cele extrem de controversate.

Ne este și mai potrivnic faptul că nu suntem, în cel mai strict sens, specialiști în domeniile care s-au dovedit a avea cea mai mare importanță. Ca geolog, scopul conducerii Expediției Universității Miskatonic era în întregime acela de-a colecta, de la mare adâncime, mostre de rocă și sol din diferite părți ale continentului antarctic, ajutat de remarcabilul sfredel conceput de profesorul Frank H. Pabodie de la Departamentul nostru de inginerie. Nu căutam să devin pionier în vreun alt domeniu în afară de acesta, dar nutream speranța că, utilizând acest nou dispozitiv mecanic în varii locuri de-a lungul traseelor deja explorate, voi aduce la lumină materiale la care, folosind metodele tradiționale de prelevare, nu s-a ajuns până acum.

Dispozitivul de forare al lui Pabodie, după cum publicul știe deja din rapoartele noastre, era unic și extraordinar în ușurința, portabilitatea și capacitatea lui de a combina vechiul principiu al forajului artezian cu cel al forajului circular în rocă, pe suprafață mică, astfel încât să poată străbate repede straturi cu grade de duritate diferite. Un vârf de oțel, tije cu articulații, motor pe benzină, macara pliabilă de lemn, accesorii de dinamitare, cabluri, sfredel cu eliminarea resturilor și tubulatură demontabilă pentru foraje cu diametru de treisprezece centimetri și o adâncime de până la trei sute de metri, toate alcătuiau, împreună cu accesoriile cuvenite, o încărcătură nu mai mare decât puteam duce pe trei sănii trase de șapte câini. Acest lucru era posibil datorită inteligentului aliaj de aluminiu din care erau fabricate majoritatea pieselor metalice. Patru avioane Dornier mari, concepute special pentru un zbor la mare altitudine, cum era nevoie pe platoul antarctic, și prevăzute cu dispozitive suplimentare proiectate de Pabodie pentru încălzire cu combustibil și demaraj rapid, ne puteau transporta întreaga expediție de la o bază aflată la marginea Marii Bariere de Gheață în varii puncte de pe continent, iar de la acele puncte ne puteam sluji de un număr suficient de câini.

Aveam de gând să acoperim o suprafață cât de mare ne permitea un anotimp antarctic – sau mai mult, dacă era absolut necesar –, operând cu precădere în lanțurile muntoase și pe platoul aflat la sud de Marea Ross; regiuni explorate în măsuri diferite de Shackleton, Amundsen, Scott și Byrd. Mutându-ne des tabăra, călătorind cu aeroplanul pe distanțe îndeajuns de lungi ca să aibă importanță geologică, ne așteptam să dezgropăm o cantitate de material mai mare decât oricând – mai ales din stratul precambrian din care s-au recuperat atât de puține specimene antarctice. Ne doream, totodată, să obținem o varietate cât mai mare de roci din stratul superior fosilifer, întrucât istoria vieții primordiale a acestui tărâm sumbru de gheață și moarte este de cea mai mare importanță pentru înțelegerea trecutului planetei noastre. Știe toată lumea că, odinioară, continentul antarctic a avut climă temperată și chiar tropicală, forfotind de viețăți și având o vegetație luxuriantă, din care au mai supraviețuit doar lichenii, fauna marină, arahnidele și pinguinii din partea nordică; speram să extindem aceste informații în privința varietății, acurateței și amănunțimii. Când un foraj simplu avea să ofere semnele prezenței stratului fosilifer, aveam să lărgim deschizătura prin explozii, pentru a putea obține specimene de dimensiuni mai mari și într-o stare de conservare mai bună.

Săpăturile noastre, efectuate la adâncimi diferite în funcție de ceea ce întâmpinam la stratul superior de sol sau stâncă, urmau a se limita la suprafețele expuse sau doar parțial expuse – acestea fiind, inevitabil, povârnișuri și creste, din pricina stratului de gheață de doi sau trei kilometri grosime care acoperea nivelurile mai joase. Nu ne puteam permite să irosim timpul săpând doar în gheață, cu toate că Pabodie născocise un plan de-a scufunda mănunchiuri groase de electrozi de cupru și de-a topi gheața în zonele greu accesibile, folosind curentul generat de un dinam pe motorină. Acesta este planul – noi nu l-am putut pune în practică decât la nivel experimental într-o expediție cum a fost a noastră – pe care își propune să-l urmeze Expediția Starkweather-Moore, nesocotind toate avertizările lansate de mine de când m-am întors din Antarctica.

Publicul are cunoștință de Expediția Miskatonic datorită frecventelor noastre rapoarte radio către Arkham Advertiser și Associated Press, dar și grație articolelor recente scrise de Pabodie și de mine. Expediția a avut patru membri de la Universitate – Pabodie, Lake de la Catedra de biologie, Atwood de la Catedra de fizică – un meteorolog – și eu, reprezentând Catedra de geologie și exercitând funcția de conducător – pe lângă șaisprezece asistenți: șapte absolvenți de la Miskatonic și nouă mecanici pricepuți. Dintre aceștia, doisprezece erau piloți de avion calificați, dintre care zece erau operatori radio competenți. Opt dintre ei știau să navigheze cu ajutorul busolei și al sextantului, la fel ca Pabodie, Atwood și cu mine. Pe lângă aceștia, desigur, cele două vapoare ale noastre – foste baleniere de lemn, ranforsate pentru navigare în ape înghețate și dotate cu sisteme auxiliare pe aburi – aveau la bord echipaje complete.

Expediția ne-a fost finanțată de Fundația Nathaniel Derby Pickman, cu sprijinul câtorva donatori speciali; drept urmare, în pofida unei publicități precare, pregătirile noastre au fost extrem de minuțioase. Câinii, săniile, aparatele, efectele de campare și componentele neasamblate ale celor cinci avioane au fost trimise la

Boston, unde au fost încărcate pe vapoare. Pentru scopurile noastre, eram dotați exemplar, iar în tot ceea ce ținea de aprovizionare, administrare, transport și ridicarea taberei beneficiam de excelentul exemplu al multor predecesori recenți și deosebit de străluciți. Tocmai numărul neobișnuit de mare și faima acestor predecesori au făcut ca expediția noastră – așa amplă cum era – să treacă neobservată în ochii publicului larg.

Cum s-a scris în ziare, am plecat din Portul Boston în 2 septembrie 1930, urmând un traseu ușor de-a lungul coastei și străbătând Canalul Panama, oprindu-ne la Samoa și Hobart, în Tasmania, loc de unde ne-am făcut ultimele provizii. Nimeni din echipa noastră de explorare nu mai fusese în zona polară, drept care ne bazam cu toții mult pe căpitanii vaselor noastre – J.B. Douglas, comandantul bricului Arkham și, totodată, șeful echipei de navigație, și Georg Thorfinnssen, comandantul barcazului Miskatonic – ambii experimentați în vânătoarea de balene în apele Antarcticii.

Pe măsură ce lăsam în urmă lumea locuită de oameni, soarele cobora tot mai mult către nord și rămânea cu fiece zi mai mult deasupra liniei orizontului. Când am ajuns la aproximativ 62 de grade latitudine sud, am zărit primele aisberguri – obiecte ca niște mese cu pereți verticali – și cu puțin înainte să ajungem la cercul Antarcticii, pe care l-am traversat în 20 octombrie dedându-ne la inevitabile ceremonii bizare, în jurul nostru gheața a început să se întindă pe distanțe tot mai mari. Temperatura scăzută mă enerva la culme, după lungul nostru drum prin tropice, dar am încercat să-mi fac curaj pentru condițiile vitrege ce aveau să urmeze. În multe rânduri, straniile efecte atmosferice m-au fermecat peste poate; printre acestea, un miraj extraordinar de viu – primul pe care l-am văzut în viața mea – în care ghețarii din depărtare se transformau în meterezele unor inimaginabile castele cosmice.

Înaintând cu greu prin gheața care, din fericire, nu era nici nesfârșită, nici foarte deasă, am ajuns din nou la ape deschise, la 67 de grade latitudine sudică, 175 de grade longitudine estică. În dimineața de 26 octombrie, înspre sud s-a ivit o limbă de pământ, iar înainte să vină ora prânzului ne-a încercat pe toți un fior de emoție văzându-ne înaintea unui vast și înalt lanț muntos, acoperit de zăpadă, care ocupa întreaga priveliște în față. În cele din urmă, întâlneam un avanpost al mărețului continent necunoscut și-al lumii sale criptice de moarte înghețată. Acele piscuri erau, evident, Munții Amiralității, descoperiți de Ross; acum trebuia să ocolim Capul Adare și să navigăm de-a lungul coastei estice a Teritoriului Victoria spre prima noastră bază de pe malul Strâmtorii McMurdo, la poalele vulcanului Erebus, la 77 de grade și 9 minute latitudine sudică.

În ultima parte a călătoriei, imaginile vii ne-au stârnit imaginația. Piscuri mărețe și sterpe, misterioase, se înălțau mereu spre vest, în vreme ce, la nord, soarele de la prânz, jos, sau cel de la miezul nopții, la sud, atingând practic linia orizontului, își revărsa razele roșietice, pâcloase, peste zăpada albă, peste gheața albăstrie și cursurile de apă, peste ochiurile negre de granit ale povârnișurilor. Peste acele înălțimi pustii, teribilul vânt antarctic sufla în pale intermitente, furioase; cadența lui amintea uneori vag de-un șuierat dezlănțuit și semimuzical de fluier, notele întinzându-se pe o gamă largă, un șuierat care, din cine știe ce motiv mnemonic subconștient, mie mi se părea neliniștitor și chiar oarecum teribil. Ceva din scena aceea îmi amintea de straniile și tulburătoarele picturi asiatice ale lui Nicholas Roerich și de chiar mai straniile și tulburătoarele descrieri ale rău famatului platou Leng, care apar în temutul *Necronomicon* al arabului smintit Abdul Alhazred. Mai târziu, mi-a părut rău că m-am uitat prin cartea aceea monstruoasă la biblioteca facultății.

În 7 noiembrie, pierzând temporar din vedere masivul dinspre vest, am trecut pe lângă Insula Franklin; a doua zi am zărit conul Muntelui Erebus și al Muntelui Terorii de pe Insula Ross din față, îndărătul căreia se întindea șirul lung al Munților Parry. Linia albă și joasă a Marii Bariere de Gheață se întindea acum către est, înălțându-se constant la 60 de metri, aidoma falezelor stâncoase din Quebec, marcând sfârșitul navigării către sud. După-amiază am intrat pe Strâmtoarea McMurdo și am ancorat în largul coastei, la adăpostul Muntelui Erebus, care fumega. Piscul de zgură se ridica la o înălțime de vreo 3.800 de metri pe fundalul cerului de la răsărit, asemenea unei stampe japoneze cu sacrul Fujiyama, în vreme ce în spatele lui se înălțau meterezele albe, fantomatice, ale Muntelui Terorii, cu o altitudine de 3.200 de metri, un vulcan de-acum stins.

Norii de fum ieșeau cu intermitență din Erebus și unul dintre asistenții absolvenți – un tânăr sclipitor pe nume Danforth – ne-a indicat ceea ce părea a fi lavă pe panta înzăpezită, remarcând că muntele acela, descoperit în 1840, fusese fără-ndoială sursa de inspirație pentru Poe, atunci când scrisese șapte ani mai târziu:

...lava care, fără tihnă, în gol,
Aruncă râuri de pucioasă la Yaanek
În extrema climă, la pol;
Gemând se răstoarnă din Muntele Yaanek
În imperiile borealului pol.[1]

Danforth era un cititor împătimit de literatură gotică și ne vorbise îndelung despre Poe. Eu însumi eram interesat de subiect, datorită scenei desfășurate în Antarctica în singura poveste mai lungă a lui Poe – tulburătorul și enigmaticul *Arthur Gordon Pym*. Pe malul sterp și pe bariera groasă de gheață din fundal, miriade de pinguini grotești cârâiau și loveau din înotătoare, în vreme ce o mulțime de foci grase se zăreau în apă, înotând sau stând tolănite pe blocuri mari de gheață care pluteau încet.

Folosindu-ne de bărcile mici, am ajuns cu greu pe uscat, pe Insula Ross, la scurt timp după miezul nopții, în dimineața de 9 noiembrie,

1. „Ulalume. O baladă", trad. de Emil Gulian, în E.A. Poe, *Scrieri alese*, Editura pentru Literatură Universală, București, 1968 (n.t.).

trăgând cu noi câte un odgon de la fiecare vas în parte și pregătindu-ne să descărcăm proviziile cu ajutorul unor balize. Când am pus prima dată piciorul pe pământul Antarcticii, ne-au năpădit sentimente intense și complexe, chiar dacă până acolo mai ajunseseră înainte și expedițiile lui Scott și Shackleton. Tabăra noastră pe malul înghețat de la poalele pantei vulcanului era doar una provizorie, sediul general rămânând la bordul navei Arkham. Am dus pe țărm toate aparatele de forat, câinii, săniile, corturile, proviziile, rezervoarele cu combustibil, dispozitivul experimental de topire a zăpezii, camerele de fotografiat, deopotrivă cele normale și cele aeriene, piesele de avion și alte accesorii, inclusiv trei aparate radio mici, portabile – separat de cele din avioane – care ne permiteau să comunicăm cu stația mare de pe Arkham din orice parte a continentului antarctic unde ne-ar fi purtat pașii. Aparatul de la bordul navei, care ținea legătura cu restul lumii, avea rostul de-a transmite rapoarte de presă către puternica stație radio Arkham Advertiser de la Kingsport Head, Massachusetts. Nădăjduiam să ne terminăm treaba în timpul unei singure veri antarctice; totuși, dacă asta se dovedea imposibil, aveam să iernăm la bordul navei Arkham, trimițând nava Miskatonic la nord înainte să înghețe complet apele, pentru a aduce provizii pentru încă o vară.

Nu-i necesar să repet ce s-a scris deja în ziare despre primele noastre activități: despre urcarea noastră pe Muntele Erebus; forajele noastre reușite în mai multe puncte de pe Insula Ross și viteza uimitoare cu care aparatul lui Pabodie le-a dus la îndeplinire, chiar și prin straturile de stâncă dură; testarea micului nostru echipament de topire a gheții; periculoasa ascensiune a Marii Bariere cu sănii și provizii; și, în cele din urmă, asamblarea a cinci avioane mari în tabăra de pe culmea barierei. Starea de sănătate a echipei noastre de teren - douăzeci de oameni și cincizeci și cinci de câini de sanie - era remarcabilă, cu toate că, desigur, nu întâmpinaserăm până atunci temperaturi cu adevărat distructive ori vijelii. În cea mai mare parte, gradele în termometru variau între −17 și −6 ori −3, iar experiența noastră cu iernile din Noua Anglie ne obișnuise cu astfel de vitregii. Tabăra de pe Barieră avea statut semipermanent și era destinată ca depozit pentru combustibil, provizii, dinamită și alte rezerve.

Aveam nevoie doar de patru aparate de zbor pentru a transporta echipamentul de explorare necesar, al cincilea rămânând cu un pilot și doi oameni de la nave la tabăra-depozit ca variantă de rezervă în caz că pierdeam toate aeronavele de explorare. Ulterior, când nu aveam să mai folosim toate avioanele pentru mutat echipament, urma să utilizăm unul sau două ca mijloace de transport între tabăra-depozit și o altă bază, permanentă, pe marele platou, la o distanță cuprinsă între 950 spre 1.100 de kilometri către sud, dincolo de Ghețarul Beardmore. În ciuda vocilor care povesteau aproape unanim despre vânturi și furtuni nimicitoare lovind dinspre platou, am hotărât să nu ridicăm baze intermediare, riscând în interesul economiei și-al unei probabile eficiențe.

În rapoartele transmise prin unde radio s-a relatat despre zborul flotei noastre din 21 noiembrie, fără oprire, lung de patru ore, care ne-a tăiat răsuflarea, peste mărețul recif de gheață, în vreme ce piscuri uriașe se ridicau spre vest și tăcerea necuprinsă răsuna de zgomotul motoarelor noastre. Vântul ne-a dat de furcă doar puțin, iar busolele radio ne-au ajutat să trecem prin singurul nor de ceață opacă pe care l-am întâlnit. Când versantul necuprins s-a profilat înaintea noastră, între 83 și 84 de grade latitudine, am știut că am ajuns la Ghețarul Beardmore, cel mai mare ghețar de vale din lume, și că marea înghețată făcea acum loc unei linii de coastă montane, încrețite. În sfârșit, pătrundeam cu adevărat în lumea albă, moartă de secole, a sudului extrem. Chiar atunci când am înțeles asta, am văzut în zare vârful Muntelui Nansen, către est, înălțându-se cât era el de mare, aproape 4.500 de metri.

Stabilirea cu succes a bazei sudice deasupra ghețarului la 86 de grade și 7 minute latitudine, 174 de grade și 23 de minute longitudine estică, și fenomenal de rapidele și eficientele foraje și explozii efectuate în varii puncte la care am ajuns cu sania sau zburând pe distanțe scurte cu avionul sunt chestiuni care țin de istorie; la fel și ascensiunea chinuitoare și triumfală a Muntelui Nansen de către Pabodie și doi dintre studenții absolvenți – Gedney și Carroll – în 13-15 decembrie.

Ne aflam la vreo 2.550 de metri deasupra nivelului mării, iar când forajele experimentale au arătat prezența solului la doar 6,5 metri sub zăpadă și gheață în anumite locuri, ne-am folosit cu succes de aparatul pentru topire, am introdus sonde și am efectuat dinamitări în multe locuri de unde nici un alt explorator nu s-a gândit că va putea preleva vreodată mostre minerale. Bucățile precambriene de granit și gresie astfel obținute ne-au confirmat că acel platou a fost omogen, majoritatea continentului aflându-se către vest, dar cumva diferit de părțile situate la est, mai jos de America de Sud – despre care noi credeam atunci că formau un continent în sine, mai mic, separat de cel mare de punctul de întâlnire dintre mările Ross și Weddell, cu toate că, de atunci, Byrd a invalidat ipoteza.

În anumite bucăți de gresie, dinamitate și cioplite cu dalta după ce le depistaserăm, prin forare, am găsit unele urme și fragmente de fosile foarte interesante; îndeosebi ferigi, alge, trilobiți, crinoide și moluște precum *linguellae* și gastropode – toate părând a avea o reală importanță în raport cu istoria primordială a regiunii. Am descoperit, totodată, o urmă stranie, striată și triunghiulară, cu diametru maxim de 30 de centimetri, pe care Lake l-a recompus din trei fragmente de ardezie aduse la suprafață dintr-o deschizătură săpată la adâncime. Fragmentele proveneau dintr-un punct de la vest, aproape de Munții Regina Alexandra; iar Lake, în calitate de biolog, a părut să găsească urmele acelea curioase neobișnuit de ciudate și provocatoare, chit că ochiului meu de geolog nu-i păreau diferite de efectele de undă destul de comune la rocile sedimentare. Întrucât ardezia nu este altceva decât o formațiune metamorfică apăsată de un strat sedimentar și presiunea însăși produce efecte de distorsiune bizare pe orice urmă ar putea să existe, nu am văzut nici un motiv de mirare în fața acelei adâncituri striate.

În 6 ianuarie 1931, Lake, Pabodie, Danforth, ceilalți șase studenți și cu mine am zburat direct peste Polul Sud cu două dintre avioanele mari, forțați într-un rând să coborâm de un vânt puternic, iscat din nimic, dar care, din fericire, nu s-a transformat într-o furtună tipică. Acela era, așa cum s-a relatat în ziare, unul dintre multele zboruri de observație, în timpul cărora încercam să discernem noi trăsături topografice ale zonelor până atunci neatinse de exploratori. În această privință, zborurile anterioare fuseseră dezamăgitoare, deși ne-au dat ocazia să asistăm la câteva dintre magnificele miraje fantastice și înșelătoare specifice regiunilor polare, pentru care călătoria pe mare ne deschisese apetitul. În depărtare, munții pluteau pe cer asemenea unor orașe fermecate și deseori lumea complet albă se dizolva într-un tărâm de aur, argint și stacojiu ieșit parcă din închipuirile Lordului Dunsany, în așteptarea aventurii sub vraja soarelui jos de la miezul nopții. În zilele noroase, ne era deosebit de greu să ne ridicăm de la sol, din pricina tendinței pământului înzăpezit și a cerului de-a se combina într-un singur vid opalescent mistic, fără vreun orizont care să delimiteze punctul de întâlnire dintre cele două.

În cele din urmă, ne-am hotărât să ducem la îndeplinire planul original de-a zbura cale de 800 de kilometri către est cu toate cele patru avioane de explorare și de-a stabili o nouă bază secundară într-un loc care avea să fie probabil pe porțiunea continentală mai mică, așa cum greșit o socoteam noi. Mostrele geologice prelevate de-acolo ne-ar fi trebuit în scop comparativ. Până atunci, sănătatea noastră se menținuse la cote excelente – zeama de lămâie echilibrând bine dieta constantă de hrană la conservă și în saramură, iar temperaturile în general apropiate de zero permițându-ne să abandonăm hainele cele mai groase de blană. De-acum era mijlocul verii și, dacă ne grăbeam și aveam grijă, puteam încheia misiunea până în martie, evitând astfel să iernăm cât dura lunga noapte antarctică. Mai multe vijelii sălbatice se năpustiseră peste noi dinspre vest, dar, grație îndemânării lui Atwood, care clădise adăposturi rudimentare pentru avioane și paravânturi din blocuri grele de zăpadă și întărise principalele clădiri din tabără cu zăpadă, scăpaserăm fără nici o stricăciune.

Lumea de afară ne cunoștea, desigur, programul și fusese informată cu privire la insistența ciudată și încăpățânată a lui Lake pentru o călătorie de cercetare către vest – sau mai curând nord-vest – înainte de-a ne muta cu totul la noua bază. Se pare că el cumpănise îndelung, și cu o cutezanță alarmant de radicală, la acea urmă triunghiulară și striată din bucățile de ardezie; citise în ea anumite contradicții referitoare la natura și perioada geologică, ceea ce îi trezise curiozitatea la maximum și îl făcuse să-și dorească noi foraje și detonări în formațiunea care se întindea la vest și din care era evident că proveneau acele fragmente. Avea în chip straniu convingerea că semnul era urma lăsată de un organism masiv, necunoscut și inclasificabil, aparținând unui stadiu de evoluție foarte avansat, nesocotind faptul că roca în care era imprimată avea o vechime atât de mare – data din Cambrian, dacă nu chiar din Precambrian –, încât să excludă probabila existență nu doar a tuturor formelor de viață puternic evoluate, ci a oricărei forme de viață dincolo de nivelul unicelular sau, cel mult, a etapei trilobiților. Acele fragmente, cu urmele lor ciudate, aveau probabil o vechime cuprinsă între cinci sute și o mie de milioane de ani.

Capitolul 2

Imaginația publicului probabil a fost aprinsă de rapoartele noastre radio despre plecarea lui Lake la nord-vest, spre zonele nemaicălcate de picior de om și niciodată pătrunse de mintea cuiva, deși n-am pomenit vreo clipă de speranțele lui deșarte de-a revoluționa complet biologia și geologia. Întorcându-se din prima sa călătorie, între 11 și 18 ianuarie, când a mers cu sania alături de Pabodie și alți cinci oameni – au pierdut doi câini răsturnându-se când traversau una dintre marile coame de gheață –, a adus și mai multe bucăți de ardezie din Arhaic; chiar și eu m-am arătat interesat de extraordinara abundență a urmelor fosile evidente din acel incredibil de străvechi strat geologic. Totuși, semnele acelea erau ale unor forme de viață foarte primitive, lucru care nu reprezenta vreun mare paradox, doar acela că nici o formă de viață nu ar avea ce căuta într-o rocă aparținând categoric Precambrianului, cum era cazul nostru; drept urmare, încă nu reușeam să înțeleg rațiunea cererii lui Lake de-a ne modifica programul – o modificare ce ar fi necesitat utilizarea tuturor celor patru avioane, a multor oameni și a întregii dotări mecanice a expediției. În cele din urmă, nu m-am opus planului, dar am decis să nu însoțesc grupul la nord-vest, în ciuda rugăminților lui Lake de a-l ajuta cu sfaturi de natură geologică. În lipsa lor, am rămas la bază cu Pabodie și alți cinci oameni și am schițat planurile finale pentru mutarea la est. Ca măsură de pregătire pentru transfer, unul dintre avioane începuse să mute o rezervă bună de combustibil de la Strâmtoarea McMurdo; asta putea însă aștepta o vreme. Am păstrat cu mine o sanie și nouă câini, căci nu e înțelept să rămâi, fie și doar pentru scurt timp, fără un mijloc de transport într-o lume complet pustie, moartă de secole.

După cum își amintește toată lumea, expediția secundară a lui Lake în necunoscut a trimis propriile rapoarte cu ajutorul transmițătoarelor pe unde scurte de la bordul avioanelor; acestea au fost recepționate simultan de aparatul nostru de la baza sudică și de Arkham, nava ancorată în Strâmtoarea McMurdo, de unde au fost retransmise lumii exterioare pe lungimi de undă de până la 50 de metri. Startul a avut loc pe 22 ianuarie, la 4 dimineața, și primul mesaj radio pe care l-am recepționat a venit doar două ore mai târziu, când Lake își anunța coborârea și începerea unui foraj de mici dimensiuni, cu topirea gheții, într-un loc aflat la o depărtare de aproximativ 480 de kilometri de noi. Peste alte șase ore, un al doilea și foarte exaltat mesaj ne rezuma frenetica activitate ca de castor: un puț de suprafață fusese surpat prin explozie, culminând în descoperirea de fragmente de ardezie prezentând mai multe semne oarecum asemănătoare cu cel care trezise inițial interesul.

Trei ore mai târziu, un mesaj scurt ne anunța că-și reluaseră zborul în ghearele unei vântoase aprige; iar când i-am răspuns protestând împotriva altor riscuri, Lake a replicat scurt că noile mostre justificau orice primejdie. Mi-am dat seama că entuziasmul lui ajunsese să se învecineze cu revolta și că nu puteam face nimic să înlătur acest risc ce viza succesul întregii expediții; era însă un gând oribil să-l știu plonjând tot mai adânc în acea imensitate albă, înșelătoare și sinistră, de furtuni și mistere incomensurabile, care se întindea pe o distanță de vreo 2.400 de kilometri către coasta doar pe jumătate cunoscută a Teritoriilor Knox și Regina Maria.

Apoi, după cam o oră și jumătate, a venit mesajul de două ori mai surescitat transmis din avionul în mișcare al lui Lake, care aproape mi-a inversat natura sentimentelor și m-a făcut să-mi doresc să-l fi însoțit:

„10:05 p.m. În zbor. După o furtună de zăpadă, am zărit în față munți mai înalți decât orice am văzut până acum. Ar putea fi egali cu Himalaya, judecând după înălțimea platoului. Probabil 76 de grade și 15 minute latitudine, 113 grade și 10 minute longitudine est. Se întind cât vezi cu ochii la dreapta și la stânga. Posibil două conuri fumegânde. Toate piscurile sunt negre, fără zăpadă. Vântoasa suflă dinspre ei, împiedicând navigarea".

După asta, Pabodie, ceilalți și cu mine am rămas cu răsuflarea tăiată lângă aparatul de recepție. Ideea acelui munte colosal aflat la 1.100 de kilometri distanță ne zgândărea cel mai adânc înrădăcinat simț al aventurii; ne bucuram că expediția noastră – chiar dacă nu noi înșine – reușise să-l descopere. Într-o jumătate de oră, Lake ne-a contactat din nou:

„Avionul lui Moulton forțat să aterizeze pe platoul de la poale, dar nimeni nu e rănit și aparatul ar putea fi reparat. Vom transfera lucrurile indispensabile în celelalte trei pentru întoarcere sau, la nevoie, înaintare, dar pe moment nu mai trebuie să transportăm nimic greu cu avionul. Munții întrec orice imaginație. Plec să cercetez zona cu aparatul lui Carroll, după ce-l golim de echipament. Nu vă puteți închipui ce e aici. Cele mai mari piscuri au probabil peste 10.500 de metri. Everest e mic copil. Atwood se ocupă de estimarea înălțimii cu teodolitul, cât timp eu și Carroll zburăm. Probabil ne-am înșelat cu privire la conuri, căci formațiunile par a fi stratificate. Posibil ardezie precambriană cu alte straturi intermediare. Stranii efecte pe cer – bucăți regulate de cuburi agățate de piscurile cele mai înalte. Tot masivul, o minunăție în lumina roșie-aurie a soarelui jos. Ca un tărâm misterios dintr-un vis ori poarta spre o lume interzisă, de-o splendoare virgină. Mi-aș dori să fiți aici, să-l studiați".

Deși era, teoretic, vremea somnului, nici unul dintre cei care ascultau nu s-a gândit, fie și pentru o clipă, să se retragă. Probabil la fel stăteau lucrurile și în Strâmtoarea McMurdo, unde tabăra-depozit și nava Arkham primeau și ele mesajele, întrucât căpitanul Douglas a intrat în legătură pentru a transmite felicitări tuturor pentru importanta descoperire, iar Sherman, coordonatorul depozitului, i-a împărtășit sentimentele. Ne părea rău, fără doar și poate, de avionul avariat, dar nădăjduiam că va fi ușor de reparat. Apoi, la 11 seara, am primit alt mesaj de la Lake:

„Sus cu Carroll, deasupra celor mai înalte coline. Nu îndrăznim, pe vremea asta, să ajungem la piscurile cu adevărat înalte, dar vom încerca mai târziu. E complicat să urci și înaintăm anevoie la altitudinea asta, dar merită. Masivul principal e destul de solid, așa că nu vedem nimic dincolo de el. Vârful cel mai mare depășește Himalaya și e foarte ciudat. Pare a fi rocă de ardezie precambriană, cu semne clare ale multor straturi de încrețire. M-am înșelat cu privire la vulcan. Se întindea în ambele direcții mai departe decât putem vedea. Dincolo de 6.400 de metri, solul e curățat de zăpadă. Formațiuni bizare pe pantele cele mai de sus. Blocuri pătrate mari și joase, cu laturi perfect verticale și linii dreptunghiulare de creneluri mici, verticale, aidoma vechilor castele asiatice cocoțate pe coaste abrupte de munte în picturile lui Roerich. Impresionant din depărtare. Am zburat aproape de câteva și lui Carroll i s-a părut că sunt formate din piese mai mici, dar acesta e probabil efectul alterării. Majoritatea muchiilor sunt sfărâmate sau rotunjite, ca și când ar fi fost expuse la furtuni și schimbări climaterice vreme de milioane de ani. Unele părți, mai ales cele de sus, par a fi formate dintr-o rocă mai deschisă la culoare decât straturile vizibile pe povârnișuri, de unde evidenta lor origine cristalină. Zburând aproape, am văzut multe guri de peșteră, unele cu o formă neobișnuit de regulată, pătrate sau semicirculare. Trebuie să veniți să investigați. Cred că am văzut muchia unui crenel în vârful unui pisc. Înălțimea pare a fi cuprinsă între aproximativ 9.000 și 10.500 de metri. Eu însumi am ajuns la 6.400 și e-un frig înfiorător. Vântul șuieră prin trecători, intrând și ieșind din peșteri, dar încă nu ne-a zădărnicit nimic zborul".

Din acel moment, vreme de o jumătate de oră, Lake a continuat să transmită comentarii și și-a exprimat intenția de-a urca unele creste pe jos. I-am răspuns că voi veni și eu de îndată ce îmi va putea trimite un avion, și că eu și Pabodie vom pune la cale cel mai bun plan de aprovizionare cu combustibil – locul exact și modul în care să concentrăm rezerva în vederea noului caracter al expediției. Evident, operațiunile de forare întreprinse de Lake, la fel ca și activitățile sale de survol, aveau să necesite cantități mari pentru noua bază pe care dorea s-o stabilească la poalele munților; și era posibil ca zborul către est să nu fie, până la urmă, întreprins în acel anotimp. În această chestiune l-am contactat pe căpitanul Douglas și i-am cerut să transporte cât de multe lucruri posibil de pe nave, pe Barieră în sus, cu singura echipă de câini rămasă în grija sa. Ceea ce ar fi trebuit să înființăm, de fapt, era o rută directă peste regiunea necunoscută dintre Lake și Strâmtoarea McMurdo.

Lake m-a contactat mai târziu, spunându-mi că luase decizia de-a lăsa tabăra acolo unde avionul lui Moulton fusese nevoit să aterizeze de urgență și unde reparațiile progresaseră deja întru câtva. Stratul de gheață era foarte subțire, pământul întunecat fiind vizibil ici și colo, iar el avea de gând să efectueze câteva foraje și detonări chiar în locul acela, înainte să pornească în vreo expediție cu sania sau să se cațăre pe versanți. Vorbea despre inefabila maiestuozitate a întregii scene și despre senzațiile bizare care îl încercau la adăpostul acelor piscuri tăcute și necuprinse, înălțându-se spre tării ca un zid, mărginind lumea. Observațiile făcute de Atwood cu ajutorul teodolitului stabiliseră înălțimea celor mai mari cinci piscuri între 9.000 și 10.200 de metri. Vastitatea terenului îl neliniștea în mod evident pe Lake, căci favoriza apariția ocazională a unor vântoase puternice, mai violente decât orice întâlniserăm până atunci. Tabăra lui se afla la mai puțin de opt kilometri de locul unde colinele mai înalte începeau să urce abrupt. Aproape simțeam o notă de panică subconștientă în cuvintele lui transmise peste un vid glacial de 1.100 de kilometri – atunci când ne îndemna să ne grăbim cu toții și să plecăm cât mai degrabă din regiunea aceea nouă și stranie. Acum, avea de gând să se odihnească, după o zi întreagă de muncă fără oprire, la o viteză aproape nemaiîntâlnită, încordare și rezultate.

Dimineață am purtat o discuție prin radio cu Lake și căpitanul Douglas, fiecare la baza lui, la imensă depărtare una de cealaltă. Am căzut de acord ca unul dintre avioanele lui Lake să vină la baza mea după mine, Pabodie și cinci oameni, dar și după tot combustibilul pe care îl putea transporta. Restul necesarului de combustibil, în funcție de decizia noastră cu privire la o călătorie spre est, putea să mai aștepte câteva zile, întrucât Lake avea o cantitate suficientă pentru încălzirea taberei și efectuarea forajelor. În cele din urmă, vechea bază sudică ar fi avut nevoie de realimentare, dar dacă amânam drumul către est nu aveam să ne folosim de ea până vara următoare și, între timp, Lake trebuia să trimită un avion care să exploreze o rută directă între noii săi munți și Strâmtoarea McMurdo.

Eu și Pabodie am început să pregătim închiderea taberei pentru o perioadă lungă sau scurtă de timp, după cum avea să fie nevoie. Dacă urma să iernăm în Antarctica, probabil că aveam să zburăm direct de la baza lui Lake la nava Arkham fără să ne întoarcem în locul acesta. Unele dintre corturile noastre conice fuseseră deja întărite cu blocuri de zăpadă compactată, iar acum ne-am hotărât să ducem treaba la capăt înființând o așezare permanentă. Grație numărului mare de corturi din depozit, Lake avea cu el tot ce îi trebuia pentru baza sa, chiar și după sosirea noastră. I-am transmis prin radio că eu și Pabodie vom fi gata să pornim spre nord-vest după o zi de muncă și o noapte de odihnă.

Cu toate acestea, după 4 p.m. nu am mai putut lucra cu spor, căci de atunci Lake a început să ne trimită cele mai extraordinare și încântate mesaje. Ziua lui de muncă începuse cu stângul, întrucât, survolând o porțiune de rocă aproape complet expusă, remarcase absența totală a acelor straturi arhaice și primordiale pe care le căuta și care alcătuiau o parte atât de mare din piscurile colosale ce se înălțau la distanță chinuitor de mare de tabără. Majoritatea rocilor pe care le zărise erau, aparent, gresie din Jurasic sau Comanhian[1] și șisturi permiene și triasice, ici și colo ițindu-se aflorimente negre, lucioase, sugerând prezența cărbunelui dur, stratificat. Acest lucru l-a cam descurajat pe Lake, ale cărui planuri se bazau pe dezgroparea de mostre mai vechi de cinci sute de milioane de ani. Îi era limpede că, pentru a recupera filonul de ardezie arhaică în care găsise urmele ciudate, trebuia să bată mai mult drum de la colinele acelea, până spre pantele abrupte ale munților gigantici.

Chiar și așa, se hotărâse să efectueze câteva foraje ca parte din programul general al expediției; așa că a pornit forajul și a pus cinci oameni să lucreze la asta în timp ce restul terminau de ridicat tabăra și de reparat avionul avariat. Roca cea mai moale vizibilă – gresie aflată cam la jumătate de kilometru de tabără – fusese aleasă pentru prima prelevare; iar forajul a înregistrat un progres excelent fără multe detonări suplimentare. Cam la trei ore după aceea, în urma primei explozii cu adevărat mari, s-au auzit strigătele echipei de forare; iar tânărul Gedney – maistrul-șef în

1. În clasificările folosite în prezent, această perioadă corespunde Cretacicului timpuriu, eră în care au apărut plantele cu flori și insectele (n.r.).

funcțiune – a dat fuga în tabără aducând o veste uimitoare.

Dăduseră peste o peșteră. La începutul săpăturilor, piatra de gresie fusese înlocuită de un filon de calcar din Comanhian, plin de cefalopode minuscule, corali, echine și spirifere fosile; din loc în loc apăreau urme ale unor bureți silicioși și oase de vertebrate marine – cele din urmă aparținând probabil teleosteenilor, rechinilor și ganoizilor. Și numai acest lucru, singur, era suficient de important, oferindu-ne primele fosile de vertebrate din acea expediție; dar când, la scurt timp după aceea, capul de foraj a străpuns stratul pătrunzând aparent într-un spațiu gol, un val complet nou de emoție, de două ori mai intens, i-a cuprins pe săpători. O explozie de proporții serioase deschisese calea spre secretul de sub pământ; iar acum, printr-o deschizătură neregulată, cu diametru de poate un metru și jumătate și grosime de un metru, se căsca înaintea exploratorilor avizi o porțiune dintr-o cavernă săpată în calcar cu mai bine de cincizeci de milioane de ani în urmă de apele de suprafață dintr-o lume tropicală demult apusă.

Stratul scobit nu avea mai mult de doi metri, doi metri și jumătate adâncime, dar se întindea în toate direcțiile pe o distanță imposibil de determinat și era străbătut de un curent leneș de aer proaspăt, ceea ce sugera că aparținea unei largi rețele subterane. Tavanul și podeaua erau înțesate de stalactite și stalagmite, dintre care unele se întâlneau, formând coloane: însă mai important decât orice era uriașul depozit de cochilii și oase, care în unele locuri aproape bloca trecerea. Reminiscență a cine știe căror jungle de ferigi și fungi din Mezozoic și a pădurilor de cicadee, palmieri și angiosperme primitive din Terțiar, acel amestec osificat conținea mai multe specimene de animale din Cretacic și Eocen decât ar fi putut număra sau clasifica într-un an cel mai mare paleontolog. Moluște, crustacee, pești, amfibieni, reptile, păsări și mamifere timpurii – mari și mici, cunoscute și necunoscute. Nu era de mirare că Gedney s-a întors în fugă la tabără strigând și nu era de mirare că toți și-au abandonat lucrul și au pornit în goană, prin frigul mușcător, spre locul unde sonda înaltă marca intrarea nou-descoperită spre secretele pământului și erele dispărute.

După ce Lake și-a satisfăcut primul impuls de curiozitate, a notat în goană un mesaj în carnețel și i-a cerut tânărului Moulton să se întoarcă degrabă în tabără ca să-l transmită prin radio. Așa a ajuns la mine vestea descoperirii, aflând totodată despre identificarea anticelor cochilii, oase de ganoizi și placodermi, resturi de labirintodonți și tecodonți, fragmente de craniu de mozazaur uriaș, vertebre și platoșe de dinozaur, dinți de pterodactil și oase din aripi, fărâme de arheopterix, colți de rechin din Miocen, țeste de păsări primitive și alte oase de mamifere străvechi cum ar fi palaeotheriul, xiphodonul, hiracoteriul, oreodonul și titanoteriul. Nu era nimic recent, precum mastodontul, elefantul, cămila adevărată, cerbul sau bovinele; de aici, Lake a tras concluzia că ultimele depozite datau din timpul erei Oligocene și că stratul cavernos se afla în starea aceea secătuită, moartă și inaccesibilă de cel puțin treizeci de milioane de ani.

Pe de altă parte, predominau formele de viață foarte timpurii. Deși, judecând după prezența unor fosile încastrate tipice precum ventriculitele, formațiunea de calcar aparținea în mod categoric Comanhianului, nefiind nici măcar cu o secundă mai veche, printre fragmentele libere din cavernă se afla un număr surprinzător de mare de organisme până atunci considerate caracteristice unor perioade mult mai vechi – chiar pești rudimentari, moluște și corali, datând din Silurian sau Ordovician. Concluzia inevitabilă era că în acea parte a lumii existase un remarcabil și unic grad de continuitate între formele de viață vechi de peste trei sute de milioane de ani și acelea de doar treizeci de milioane de ani. Cât de mult se întinsese această continuitate dincolo de Oligocen, atunci când peștera fusese închisă, depășea, desigur, orice speculație. În orice caz, probabil apariția gheții atotbiruitoare în Pleistocen, în urmă cu aproximativ 500.000 de ani – abia o zi de ieri în comparație cu vârsta peșterii aceleia – pusese capăt tuturor formelor primare ce reușiseră să supraviețuiască mai mult decât ar fi trebuit.

Lake nu s-a mulțumit cu primul mesaj, ci a mai notat unul și a cerut să fie transmis peste întinderile de zăpadă la tabără, înainte ca Moulton să apuce să se întoarcă. După asta, Moulton a rămas lângă aparatul de radio, într-unul dintre avioane, transmițându-mi mie – dar și navei Arkham, ca să transmită, la rându-i, lumii de afară – desele comunicate pe care Lake i le trimitea printr-o succesiune de mesageri. Cei care au urmărit povestea în ziare își amintesc emoția stârnită de rapoartele din acea după-amiază în rândul oamenilor de știință – rapoarte care au dus până la urmă, după atâția ani, tocmai la organizarea acelei expediții Starkweather-Moore pe care eu încerc, cu atâta chin, să o întorc din drum. Ar fi mai bine să redau mesajele întocmai cum le-a trimis Lake și cum operatorul nostru de la bază, McTighe, le-a tradus după stenogramele scrise cu creionul:

„Fowler face o descoperire de cea mai mare importanță în fragmentele de gresie și calcar aduse la suprafață de detonări. Mai multe urme striate triunghiulare, distincte, precum acelea din ardezia arhaică, dovedind că sursa a supraviețuit de acum peste șase sute de milioane de ani până în timpurile comanhiane suferind doar modice schimbări morfologice și reducerea dimensiunii medii. Urme comanhiane aparent mai primitive sau mai șterse, la rigoare, decât cele mai vechi. Trebuie subliniată importanța descoperirii în presă. Va însemna pentru biologie ceea ce Einstein a însemnat pentru matematică și fizică. Vine în sprijinul muncii mele din trecut și sporește sensul concluziilor. Pare să indice, după cum suspectam, că Pământul a mai trecut printr-unul sau mai multe cicluri complete de viață organică înaintea celui cunoscut, care începe cu celulele din Arheozoic. A evoluat și s-a specializat acum nu mai mult de o mie de milioane de ani, când planeta era tânără și recent nelocuibilă pentru orice formă de viață sau structură protoplasmică normală. Apar întrebări despre când, unde și cum s-a produs dezvoltarea".

*

„Mai târziu. Examinând anumite fragmente scheletice de saurieni mari tereștri, sau marini, și de mamifere primitive, găsim ciudate răni locale ori leziuni la nivelul structurii osoase neatribuite vreunui prădător cunoscut ori animal carnivor din orice perioadă, de două feluri – împunsături drepte, profunde, și altele aparent produse prin sfâșiere cu incisivii. Unul sau două cazuri de oase retezate cu precizie. Nu multe specimene afectate. Trimit la tabără după lanterne electrice. Voi extinde zona de cercetare în adâncime, îndepărtând stalactite."

*

„Și mai târziu. Am găsit un bizar fragment de saponit lat cam de cincisprezece centimetri și gros cam de patru, cu totul diferit de orice formațiune locală vizibilă – verzui, însă fără nimic care să îi trădeze perioada de proveniență. E ciudat de neted și regulat. Are formă de stea în cinci colțuri, cu vârfurile rupte, și urme de alte despicături la unghiurile interioare și în mijlocul suprafeței. O adâncitură mică și netedă în centrul suprafeței intacte. Stârnește curiozitate cu privire la sursă și eroziune. Probabil e rezultatul unui efect ciudat al acțiunii apei. Carroll, folosind lupa, crede că poate desluși urme suplimentare cu importanță geologică. Grupuri de punctișoare formând tipare regulate. Câinii încep să se agite în timp ce noi lucrăm și par să urască bucata asta de saponit. Trebuie să văd dacă are vreun miros anume. Voi transmite din nou când se întoarce Mills cu lanterna și vom începe să ne ocupăm de zona subpământeană.“

*

„10:15 p.m. Descoperire importantă. Orrendorf și Watkins, lucrând sub pământ la 9:45 la lumina lanternei, au găsit o fosilă monstruoasă, în formă de bute, de natură cu totul necunoscută; probabil aparține regnului vegetal, doar dacă nu este un specimen nemaiîntâlnit de radiată marină. Țesutul evident conservat de sărurile minerale. Dur ca pielea, dar și-a păstrat pe alocuri o uimitoare flexibilitate. Urme ale unor părți rupte la capete și pe laturi. 1,8 metri de la un capăt la celălalt, diametru central de cam 1 metru, îngustându-se la 30 de centimetri spre fiecare extremitate. Ca o bute cu cinci nervuri groase în loc de doage. Nervurile laterale, ca ale unor lujeri subțirei, sunt la ecuator în mijlocul acestor nervuri. În canelurile dintre nervuri sunt excrescențe curioase – piepteni ori aripi care se pliază și se întind ca evantaiele. Toate puternic deteriorate, cu excepția uneia cu o anvergură de peste 2 metri. Dispunerea amintește de unul dintre monștrii mitologici primitivi, îndeosebi fabuloșii Cei Străvechi din *Necronomicon*. Aceste aripi par a fi membranoase, întinse pe structuri din tuburi glandulare. Aparente orificii infinitezimale sunt prezente în aceste tuburi, în vârful aripilor. Extremitățile corpului sunt scofâlcite, nu se înțelege nimic din ce ar fi în interior sau ce anume s-a rupt de acolo. Trebuie efectuată o disecție când ne înapoiem la tabără. Nu mă pot decide dacă e ceva vegetal sau animal.

Multe trăsături sunt evident de-un primitivism aproape incredibil. Am cerut tuturor să se ocupe de smulsul stalactitelor în căutare de alte specimene. Am mai găsit și alte oase scrijelite, dar acestea trebuie să aștepte. Avem probleme cu câinii. Nu suportă noul specimen și probabil l-ar face bucăți dacă nu l-am ține la distanță de ei."

*

„11:30 p.m. Atenție, Dyer, Pabodie, Douglas. Chestiuni de cea mai mare – aș putea spune transcendentă – importanță. Arkham trebuie să transmită numaidecât la stația centrală Kingsport. Ciudata excrescență în formă de bute este ființa din Arhaic care a lăsat urmele în roci. Mills, Boudreau și Fowler au descoperit un grup de alte treisprezece sub pământ, la 12 metri de deschizătură. Amestecate cu fragmente de saponit stranii, rotunde și configurate, mai mici decât cel descoperit anterior – formă de stea, dar fără urme de rupere, cu excepția unora dintre vârfuri. Aparțin unor specimene organice, opt aparent perfecte, cu toate apendicele. Le-au adus pe toate la suprafață, făcându-i pe câini să se îndepărteze. Nu suportă lucrurile astea. Fiți extrem de atenți la descriere și repetați ca să se transmită bine. Trebuie să apară corect în ziare.

Obiectele au 2,4 metri cu totul. Trunchi ca o bute de 1,8 metri, format din cinci nervuri ca niște doage, cu diametru central de 1 metru, diametru la extremități de 30 de centimetri. Gri-închis, flexibil și extrem de dur. Aripile membranoase, de 2,4 metri, de aceeași culoare, găsite strânse, se deschid din canelurile dintre nervuri. Scheletul aripii este tubular sau glandular, de un gri deschis, prevăzut cu orificii la capăt. Deschise, aripile au marginea zimțată. De jur împrejur, câte unul în centrul fiecărei nervuri verticale, sunt cinci sisteme de brațe sau tentacule flexibile, gri-deschis, strâns lipite de trunchi atunci când le-am găsit, dar putându-se întinde la un maximum de aproape 1 metru. Seamănă cu brațele crinoidelor primitive. Lujeri cu diametru de șapte centimetri și jumătate se ramifică după cincisprezece centimetri în cinci lujeri secundari, fiecare ramificat după douăzeci de centimetri în mici tentacule sau cârcei fusiformi, dând fiecărui lujer un total de douăzeci și cinci de tentacule.

În partea de sus a trunchiului, un gât bulbos, bont, de-un gri mai deschis, prevăzut cu ceva semănând cu branhiile, susține, aparent, o căpățână gălbuie în formă de stea-de-mare cu cinci colțuri acoperită de cili sârmoși de șapte centimetri și jumătate, având culori dintre cele mai diferite. Capul e gros și umflat, cam de șaizeci de centimetri dintr-o parte în alta, cu tuburi flexibile și gălburii de șapte centimetri și jumătate ieșind din fiecare latură. O crestătură fix în mijlocul creștetului este, probabil, orificiu respirator. La capătul fiecărui tub se află o sferă pe care, la atingere, alunecă o membrană galbenă, expunând un glob sticlos cu iris roșu – în mod evident un ochi. Cinci tuburi rozalii nițel mai lungi pornesc din unghiurile interioare ale capului în formă de stea-de-mare și se sfârșesc în niște umflături aidoma unor pungi de aceeași culoare, care, la apăsare, se deschid formând orificii ca un clopot cu diametru maxim de cinci centimetri, mărginite de ridicături ca niște dinți albi, ascuțiți – probabil guri. Toate aceste tuburi, cili și colțuri ale capului de stea-de-mare au fost găsite rulate strâns; tuburile și colțurile atârnau pe lângă gâtul bulbos și trunchi. Flexibilitatea, în pofida durității, este surprinzătoare.

În partea de jos a trunchiului se găsește echivalentul capului: părți organice dure, dar, de data aceasta, funcționale. Un pseudogât gri-deschis, bulbos, fără branhii, susține un organ verzui ca o stea-de-mare cu cinci colțuri. Brațe puternice, musculoase, lungi de 1,2 metri și îngustându-se de la 17 centimetri diametru la bază la vreo 6 centimetri la vârf. De fiecare parte este atașat capătul mic al unui triunghi membranos verzui, cu cinci nervuri, lung de 20 de centimetri și lat de 15 în capătul opus. Aceasta este aripioara, înotătoarea sau pseudopodul care a lăsat urme în rocile cu vechime între o mie de milioane de ani și cincizeci sau șaizeci de milioane de ani. Din unghiurile interioare ale organului în formă de stea-de-mare cresc tuburi roșietice lungi de 60 de centimetri, îngustându-se de la 7,5 centimetri diametru la bază spre 2,5 centimetri în vârf. Prezintă orificii în vârf. Toate aceste părți sunt extraordinar de dure și pergamentoase, dar extrem de flexibile. Brațe de 1,2 metri cu aripioare indubitabil folosite la un fel la locomoție, în mediul marin sau în altul. La manevrare se observă o musculatură exagerată. Când a fost găsită, toate aceste extensii erau puternic strânse peste pseudogât și capătul trunchiului, corespunzând extensiilor de la celălalt capăt.

Nu-i pot încă atribui categoric apartenența la regnul animal sau vegetal, dar șansele înclină acum spre cel animal. Reprezintă probabil o etapă evolutivă incredibil de avansată a unei radiate fără pierderea anumitor trăsături primitive. Asemănarea cu echinodermele e inconfundabilă, în pofida unor dovezi locale contradictorii. Prezența aripilor creează confuzie în eventualitatea unui probabil habitat marin, deși ar putea fi folosite pentru navigare în apă. Simetria amintește în mod curios de regnul vegetal, sugerând structura esențialmente sus-jos a vegetalului în contradicție cu cea față-spate a animalului. Data evolutivă fabulos de timpurie, precedând până și cele mai simple protozoare din Arhaic cunoscute până acum, zădărnicește orice ipoteză cu privire la origine.

Specimenele complete au o asemănare atât de bizară cu anumite creaturi din mitologia primitivă, încât ideea existenței străvechi în afara Antarcticii devine inevitabilă. Dyer și Pabodie au citit *Necronomiconul* și au văzut picturile coșmarești ale lui Clark Ashton Smith realizate pe baza acelui text, deci vor înțelege dacă îi aduc în discuție pe Cei Străvechi, despre care se presupune că au creat toată viața de pe pământ în glumă ori din greșeală. Studenții au considerat întotdeauna ideea ca fiind urmarea influenței imaginației morbide asupra radiatelor tropicale foarte antice. Totodată, amintesc de unele vietăți preistorice din folclor despre care a vorbit Wilmarth – derivate ale cultului Cthulhu etc.

S-a deschis un uriaș domeniu de cercetare. Depozitele aparțin, probabil, perioadei Cretacicului târziu sau Eocenului timpuriu, judecând după specimenele asociate. Deasupra lor s-au format stalagmite masive. Înlăturarea lor presupune muncă serioasă, dar duritatea a împiedicat distrugerea. Starea de conservare e miraculoasă, în mod evident datorită acțiunii calcarului. Altceva nu am mai găsit, dar vom relua căutările mai târziu. Avem acum de dus paisprezece specimene uriașe la tabără fără câini, care latră cu furie și nu pot fi lăsați să se apropie de ele. Cu nouă oameni – trei au rămas cu câinii – ar trebui să putem trage cele trei sănii destul de bine, chiar dacă vântul suflă puternic. Trebuie să stabilim o linie de comunicare aeriană cu Strâmtoarea McMurdo și să începem transportarea materialelor. Eu însă trebuie să disec una dintre vietățile acestea, înainte de-a ne putea odihni. Mi-aș dori să am un laborator adevărat aici. Sper că Dyer își dă palme fiindcă a încercat să mă împiedice să plec în expediția asta. Întâi cei mai mari munți din lume, apoi asta! Dacă descoperirea asta din urmă nu e culmea expediției noastre, nu știu ce e. Suntem creații ale științei. Felicitări, Pabodie, pentru forajul care a dus la descoperirea peșterii. Acum, poate Arkham să repete descrierea?"

Senzațiile pe care eu și Pabodie le-am avut când am primit acest raport aproape că nu pot fi descrise, iar tovarășii noștri nu erau nici ei mai puțin entuziasmați. McTighe, care tradusese în pripă câteva idei principale în timp ce mesajul era transmis la aparatul zumzăitor, a transcris tot comunicatul după versiunea stenografiată de îndată ce operatorul lui Lake a încheiat transmisiunea. Cu toții înțelegeam semnificația epocală a descoperirii, iar eu i-am trimis felicitări lui Lake de îndată ce operatorul de pe Arkham a repetat părțile descriptive, așa cum i se ceruse; exemplul meu a fost urmat de Sherman, de la stația sa din tabăra-depozit de la Strâmtoarea McMurdo, dar și de căpitanul Douglas de pe Arkham. Ulterior, în calitatea mea de conducător al expediției, am adăugat câteva comentarii pe care Arkham să le transmită lumii de afară. Desigur, era absurd să ne odihnim, cuprinși de atâta emoție; singura-mi dorință era să ajung la tabăra lui Lake cât mai degrabă posibil. Am fost dezamăgit când mi-a trimis vorbă că o vijelie montană în creștere făcea imposibil transportul pe calea aerului.

Peste o oră și jumătate, însă, interesul a crescut din nou, biruind dezamăgirea. Lake, trimițând noi mesaje, ne-a spus de reușita transportului complet al tuturor celor paisprezece specimene la tabără. Fusese o întreprindere dificilă, întrucât vietățile erau surprinzător de grele; dar nouă oameni izbutiseră fără mari probleme. Acum, o parte din echipă ridica în grabă un țarc de zăpadă la o bună distanță de tabără, în care câinii să poată fi aduși pentru a-i hrăni mai ușor. Specimenele au fost întinse pe zăpada compactată, aproape de tabără, cu excepția unuia pe care Lake începuse să opereze o disecție rudimentară.

Acea disecție părea o provocare mai mare decât se așteptase, căci, în pofida căldurii emanate de o sobă cu benzină în nou-ridicatul cort-laborator, țesuturile înșelător flexibile ale specimenului ales – unul puternic și intact – nu deveniseră cu nimic mai puțin dure. Lake nu știa cum să efectueze inciziile necesare fără a acționa cu violență îndeajuns de distrugătoare încât să afecteze toate măruntaiele la care încerca să ajungă. Adevărat, mai avea alte șapte specimene în stare perfectă; chiar și așa, erau prea puține ca să-și permită să le irosească, dacă peștera nu avea să le ofere, ulterior, o rezervă nelimitată. Prin urmare, a renunțat la acel specimen și a târât înăuntru altul care, deși avea reminiscențe ale organelor stea-de-mare la ambele capete, era strivit puternic și prezenta o sfâșiere parțială de-a lungul unei caneluri de pe masivul trunchi.

Rezultatele, transmise rapid prin radio, erau într-adevăr zguduitoare și provocatoare. Cu ajutorul unor instrumente ce abia reușeau să străpungă țesutul acela anormal, cu greu se putea lucra delicat sau cu precizie, dar puținul care s-a putut face ne-a lăsat pe toți cu gura căscată. Biologia existentă în momentul de față va trebui revizuită complet, căci această ființă nu este produsul vreunei dezvoltări celulare dovedite științific. Nu s-a produs aproape nici o înlocuire minerală și, în ciuda unei vechimi de poate patruzeci de milioane de ani, organele interne erau intacte. Calitatea pergamentoasă, nedeteriorată și aproape indestructibilă este un atribut inerent al formei de organizare a acestei ființe și aparține unui ciclu paleogen al evoluției nevertebratelor depășind cu totul puterile noastre speculative. La început, Lake nu a găsit decât țesut uscat, dar pe măsură ce căldura din cort a produs dezghețul, pe partea neafectată a ființei a întâlnit o umiditate organică degajând un iz înțepător, grețos. Nu era vorba de sânge, ci de un lichid gros, verde-închis, slujind, aparent, unui scop anume. Când Lake ajunsese la acest stadiu, toți cei treizeci și șapte de câini fuseseră aduși în țarcul încă neterminat din apropierea taberei și, chiar de la acea distanță, au început să latre cu sălbăticie și să se agite din cauza acelui miros pestilențial, deși difuz.

Departe de-a ne ajuta să stabilim proveniența acelei entități bizare, această disecție aproximativă doar a adâncit misterul. Toate presupunerile cu privire la membrele ei externe fuseseră corecte, iar pe baza acestor dovezi cu greu puteai ezita să numești ființa animal; totuși, la analiza interiorului ei au ieșit la iveală atâtea dovezi vegetale, încât Lake n-a știut ce să mai creadă. Avea sistem digestiv și circulator, iar dejecțiile le elimina prin tuburile roșii din baza în formă de stea-de-mare. În mod curios, se putea spune că aparatul ei respirator funcționa cu oxigen, nu cu dioxid de carbon, și au apărut dovezi ciudate ale existenței unor camere de stocare a aerului și ale unor metode de comutare a respirației de la orificiul exterior la cel puțin alte două sisteme respiratorii complet evoluate – branhii și pori. Era o ființă evident amfibie, adaptată probabil, totodată, la perioade lungi de hibernare în medii unde aerul lipsește. Organele vocale păreau a fi prezente în conexiune cu sistemul respirator central, însă prezentau anomalii imposibil de deslușit pe loc. Vorbirea articulată, în sensul rostirii inteligibile, părea greu de conceput, însă emiterea unor note muzicale ascuțite, într-o gamă largă, era foarte probabilă. Sistemul muscular era dezvoltat aproape prematur.

Sistemul nervos era atât de complex și de bine dezvoltat, încât l-a lăsat pe Lake cu gura căscată. Deși extrem de primitivă și arhaică în unele privințe, ființa avea o serie de centri și conectori ganglionici care susțin însăși ideea dezvoltării specializate la extrem. Creierul cu cinci lobi era surprinzător de avansat și existau semne ale unui aparat senzorial ai cărui receptori principali erau cilii sârmoși de pe cap, de-o natură străină oricărui organism terestru. Probabil are mai mult de cinci simțuri, așa încât comportamentul ei nu poate fi prezis pe baza unei analogii existente. Lake credea că trebuie să fi fost o creatură de-o sensibilitate extremă și cu funcții fin diferențiate în lumea ei primordială – cam ca furnicile și albinele de azi. Se reproducea precum criptogamele vegetale, mai ales *Pteridophyta*, având saci cu spori în vârful aripilor și evoluând evident dintr-un tal ori protal.

A-i da însă un nume în acest stadiu era nebunie curată. Arăta ca o radiată, însă era în mod clar mai mult de-atât. Era parțial de natură vegetală, dar avea trei pătrimi din caracteristicile unei structuri animale. Conturul simetric și anumite atribute sugerau clar că e de origine marină; totuși, nu puteam fi siguri cu privire la limita adaptărilor ei ulterioare. Aripile, în definitiv, indicau folosirea în mediul aerian. Cum a putut evolua atât de mult pe un pământ al începuturilor, la timp cât să lase urme în roci din Arhaic, era atât de greu de înțeles, încât l-a făcut pe Lake să-și aducă aminte miturile primordiale despre Cei Străvechi, care au coborât din stele și au dat naștere pământului în glumă sau din greșeală, precum și poveștile incredibile despre ființele extraterestre de pe dealul cosmic, spuse de un coleg folclorist de la Catedra de literatură de la Miskatonic.

Evident, a luat în calcul eventualitatea ca urmele din Precambrian să fi fost făcute de un strămoș mai puțin evoluat al acestor specimene, dar a respins rapid o teorie atât de simplistă, ținând cont de gradul avansat al calităților structurale ale fosilelor mai vechi. Dimpotrivă, amprentele ulterioare arătau mai degrabă regres decât o evoluție superioară. Dimensiunea pseudopodelor se redusese și întreaga morfologie părea să se fi simplificat și asprit. Mai mult, nervii și organele examinate prezentau sugestii de regresie de la forme mai complexe. Părțile reziduale, atrofiate, predominau în mod surprinzător. În general, nu se putea spune că cercetările avansaseră mult, iar Lake a revenit la mitologie pentru a da un nume provizoriu – botezându-și în glumă descoperirile „Cei Străvechi".

În jurul orei 2:30 dimineața, după ce a decis să amâne munca și să se odihnească puțin, a acoperit organismul disecat cu o prelată, a ieșit din cortul-laborator și a cercetat specimenele intacte cu un interes renăscut. Soarele perpetuu al Antarcticii începuse să le înmoaie puțin țesuturile, așa încât vârfurile capului și tuburile a două sau trei dădeau semne de desfacere; dar Lake nu credea că există vreun pericol de descompunere imediată în atmosfera aceea glacială. A mutat totuși toate specimenele nedisecate mai aproape unul de celălalt și a aruncat o prelată peste ele, ca să le ferească de acțiunea directă a razelor solare. În felul acesta, nici eventualul lor miros nu ar fi ajuns la câini, a căror agitație începea să devină o adevărată problemă, chiar și așa departe unde erau, dincolo de pereții de zăpadă pe care tot mai mulți oameni se grăbeau să-i ridice în jurul țarcului lor. Au fost nevoiți să așeze blocuri grele de zăpadă peste colțurile prelatei ca să nu le ridice vântoasa ce se întețea, căci munții maiestuoși păreau gata să arunce rafale extrem de violente. Reapăruse teama dintru început de vânturile antarctice iscate din senin și, sub supravegherea lui Atwood, se luau măsuri de siguranță pentru apărarea corturilor, a noului țarc al câinilor și-a adăposturilor rudimentare pentru avioane, întărite cu parapete de zăpadă în partea dinspre munte. Adăposturile pentru avioane, a căror clădire fusese începută cu blocuri de zăpadă compactată atunci când timpul o permitea, nu erau nici pe departe atât de înalte cum ar fi trebuit, iar Lake a decis, în cele din urmă, să detașeze toți oamenii de la alte sarcini pentru a se ocupa de ele.

Era trecut de patru când Lake, în sfârșit, s-a pregătit să se retragă și ne-a sfătuit pe toți să ne odihnim odată cu el, în timp ce echipa sa se ocupa de înălțarea pereților de la adăposturi. A mai sporovăit puțin cu Pabodie folosind undele radio și și-a reiterat lauda la adresa excelentului foraj care îl ajutase să facă această descoperire. Atwood și-a transmis și el felicitările și aprecierile. I-am oferit la rândul meu lui Lake o vorbă caldă de felicitare, recunoscând că avusese dreptate în privința călătoriei spre vest, și am convenit cu toții să ne auzim din nou prin radio la zece dimineața. Dacă vântoasa se potolea până atunci, Lake urma să trimită un avion pentru echipa de la baza mea. Chiar înainte să ne retragem, am trimis un ultim mesaj la Arkham, instruindu-i să prezinte lumii de afară o versiune mai blândă a veștilor acelei zile, întrucât amănuntele, la adevărata lor dimensiune, păreau îndeajuns de radicale încât să stârnească un val de neîncredere, cel puțin până când aveau să fie sprijinite de dovezi concrete.

Capitolul 3

Îmi închipui că nici unul dintre noi nu a dormit foarte adânc sau neîntrerupt în noaptea aceea; emoția stârnită de descoperirea lui Lake și vântul ce sufla cu tot mai multă furie ne împiedicau deopotrivă. Vântoasa era atât de puternică, chiar și unde ne aflam noi, că nu puteam să nu ne întrebăm cât de rău putea să fie în tabăra lui Lake, direct sub piscurile uriașe unde aceasta se forma și de unde pogora spre noi. McTighe s-a trezit la zece și a încercat să-l prindă pe Lake la radio, așa cum ne înțeleseserăm, dar o interferență de natură electrică undeva la vest bloca orice comunicare. Am intrat totuși în legătură cu Arkham și Douglas mi-a spus că și el a încercat zadarnic să ia legătura cu Lake. El nu avusese cunoștință de vânt, întrucât acesta sufla foarte slab în Strâmtoarea McMurdo, în pofida furiei persistente cu care ne trata pe noi.

Tot restul zilei am stat cu toții cu urechile ciulite și am încercat din când în când să-l prindem pe Lake, dar de fiecare dată fără rezultate. Pe la prânz, un vânt s-a dezlănțuit dinspre vest, făcându-ne să ne temem pentru siguranța taberei, dar s-a potolit până la urmă, revenind cu forțe mai reduse la două după-amiaza. După ora trei s-a lăsat o tăcere adâncă și ne-am dublat eforturile de a-l contacta pe Lake. Știind că are patru avioane la dispoziție, fiecare dotat cu câte un excelent aparat de unde scurte, nu ne puteam imagina nici un accident banal capabil să-i scoată din uz toate aparatele radio în același timp. Cu toate astea, tăcerea de piatră continua, iar când ne gândeam la forța aprigă pe care vântul trebuie s-o fi avut acolo unde era el, nu ne puteam înfrâna să ne imaginăm cele mai teribile ipoteze.

La ora șase, temerile noastre se intensificaseră, imposibil de negat, și, după ce ne-am consultat prin radio cu Douglas și Thorfinnssen, am conchis să trebuie să întreprindem ceva. Al cincilea avion, pe care îl lăsaserăm la tabăra-depozit de la Strâmtoarea McMurdo, cu Sherman și doi marinari, era în formă bună și gata de-a fi folosit imediat; părea că situația de urgență pentru care fusese pus deoparte tocmai se ivise. L-am contactat pe Sherman prin radio și i-am ordonat să vină la mine cu avionul și cei doi marinari, la baza sudică, în cel mai scurt timp posibil; condițiile meteorologice erau, aparent, extrem de favorabile. Am discutat apoi despre oamenii necesari în viitoarea echipă de investigare și am decis că îi vom coopta pe toți cei disponibili, dimpreună cu sania și câinii pe care îi păstrasem cu mine. Nici măcar o sarcină atât de mare nu avea să fie prea mult pentru unul dintre uriașele avioane construite după indicațiile noastre speciale pentru transportul de aparatură grea. La intervale regulate, am continuat să fac încercări de a-l contacta pe Lake prin radio, însă fără nici o izbândă.

Sherman, împreună cu marinarii Gunnarsson și Larsen, a decolat la 7:30. De pe traseu, au transmis de mai multe ori că zborul e lin. Au ajuns la baza noastră la miezul nopții; atunci am discutat cu toții, fără întârziere, despre următoarea mișcare. Era riscant să zburăm pe deasupra Antarcticii cu un singur avion pe o rută incertă, dar nimeni n-a dat înapoi de la ceea ce părea absolut necesar. La ora două, după ce am încărcat provizoriu avionul, ne-am retras să ne odihnim puțin, dar ne-am trezit după patru ore ca să terminăm încărcarea și împachetarea.

La 7:15 a.m., în 25 ianuarie, am pornit în zbor pe direcția nord-vest, cu McTighe la manșă și zece oameni, șapte câini, o sanie, rezervă de combustibil și alimente și alte câteva lucruri, inclusiv echipamentul radio al avionului. Condițiile meteo erau cer senin, vânt slab și temperatură relativ blândă; ne așteptam să nu întâmpinăm aproape deloc probleme în drum spre tabăra lui Lake, ghidându-ne după coordonatele de latitudine și longitudine pe care le cunoșteam. Teama noastră izvora din ceea ce aveam să găsim, sau să nu găsim, la capătul drumului, căci toate încercările noastre de-a intra în legătură radio cu tabăra lui Lake continuau să aibă drept rezultat o adâncă tăcere.

Fiecare incident din timpul acelui zbor de patru ore și jumătate îmi este întipărit în memorie datorită poziției sale curioase în viața mea. A marcat pentru mine pierderea, la vârsta de cincizeci și patru de ani, a liniștii sufletești și a echilibrului pe care orice minte normală le deține grație concepției despre Natura exterioară și legile Naturii cu care s-a obișnuit. De atunci încolo, noi zece – studentul Danforth și cu mine mai mult decât ceilalți – aveam să ne confruntăm cu o lume hidos amplificată și populată de orori nebănuite, pe care nimic nu ni le mai poate șterge din registrul personal de emoții și pe care ne-am opri să împărtășim cu restul omenirii dacă am putea. Ziarele au publicat buletinele informative pe care le-am transmis din avion în timpul zborului și în care am vorbit despre această cursă fără oprire, despre cele două lupte ale noastre cu vântoasele ascendente, înșelătoare, despre cum am zărit suprafața frântă unde Lake aterizase forțat, la jumătatea drumului, cu trei zile în urmă, și despre cum am văzut un grup format din acei bizari cilindri de zăpadă pufoasă observați de Amundsen și Byrd în timp ce se rostogoleau pe aripile vântului peste nemărginirea platoului înghețat. A venit un moment, însă, când sentimentele noastre nu au putut fi transpuse în cuvinte pe care presa să le poată înțelege; și, mai târziu, un alt moment, când a trebuit să adoptăm de-a dreptul o regulă de cenzură strictă.

Marinarul Larsen a fost primul care a zărit linia zimțată de conuri aidoma unui coif de vrăjitoare și piscurile din față, iar strigătele lui i-au făcut pe toți să dea fuga la geamurile marii cabine a avionului. În ciuda vitezei cu care înaintam, acele formațiuni creșteau în dimensiune foarte încet; de aici am dedus că probabil se aflau la o distanță extrem de mare și erau vizibile doar datorită înălțimii lor anormale. Puțin câte puțin, totuși, s-au înălțat sumbru spre cerul de la apus, permițându-ne să distingem mai multe culmi sterpe, mohorâte, întunecate, și să simțim cum ne încearcă strania senzație de fantezie pe care ne-o inspirau văzându-le în lumina antarctică roșiatică, pe fundalul provocator al norilor iridescenți din vapori înghețați. În tot acel spectacol exista aluzia persistentă și permanentă a unui imens secret și-a unei potențiale revelații; de parcă acele piscuri dezolante, coșmarești ar fi fost pilonii unei înspăimântătoare porți către sferele interzise ale visului, abisuri complexe de timp îndepărtat, spațiu și ultradimensionalitate. Nu-mi puteam înfrâna sentimentul că sunt lucruri malefice – munți ai nebuniei ale căror povârnișuri nevăzute coborau spre un blestemat abis suprem. Acei nori din fundal, semiluminoși și clocotitori, aveau trăsăturile greu de descris ale unui *dincolo* vag, eteric, depășind cu mult dimensiunea terestro-spațială. În același timp, aminteau cumplit de izolarea extremă, pustietatea, unicitatea morții de secole a acelei lumi australe necălcate și necunoscute de om.

Tânărul Danforth a fost cel care ne-a atras atenția asupra curioaselor regularități ale meterezelor acelui munte – regularități aidoma unor fragmente de cuburi perfecte atârnate acolo, de care Lake pomenise în mesajele sale și care, într-adevăr, justificau comparația cu profilurile neclare ale ruinelor templelor primordiale de pe culmile montane asiatice, învăluite în nori, atât de subtil și bizar pictate de Roerich. Era într-adevăr ceva rău prevestitor, ca în operele lui Roerich, în tot acel continent nepământean dominat de munți misterioși. O simțisem în octombrie, când zăriserăm prima dată Teritoriul Victoria, și acum o simțeam din nou. Simțeam, în același timp, un alt val de neliniște, remarcând asemănările cu Arhaicul mitic, cât de îngrijorător de tare corespundea acel tărâm fatal cu platoul Leng din scrierile primordiale, cel cu renume malefic. Mitologii plasaseră platoul Leng în Asia Centrală, dar memoria rasială a omului – sau a predecesorilor lui – este lungă și s-ar putea foarte bine ca anumite povești să se fi transmis în timp din ținuturi, munți și temple ale groazei mult mai vechi decât cele asiatice și mai vechi decât orice lume stăpânită de om pe care o cunoaștem noi. Câțiva mistici curajoși au lăsat să se înțeleagă o proveniență prepleistocenă a fragmentarelor manuscrise pnakotice și au sugerat că veneratorii lui Tsathoggua erau la fel de străini de omenire ca Tsathoggua însuși. Leng, oriunde s-ar afla în spațiu sau timp, nu era o regiune unde să-mi doresc să fi ajuns, ori măcar în apropiere de ea; la fel, nu-mi surâdea nici proximitatea unei lumi din care ieșiseră asemenea monstruozități ambigue și arhaice precum cele pe care le menționase Lake. În clipa aceea, îmi părea rău că citisem detestabilul *Necronomicon* sau că discutasem atât de mult cu Wilmarth, acel enervant folclorist erudit de la universitate.

Această dispoziție sufletească mi-a agravat fără îndoială reacția la bizarul miraj care ni s-a înfățișat dintr-odată, ieșind din incredibilul zenit opalescent în vreme ce ne apropiam de munți și începeam să deslușim rostogolirea cumulativă a colinelor. Văzusem zeci de miraje polare în săptămânile anterioare, dintre care unele la fel de nefirești și fantastic de vii precum acesta; însă cel din față avea o calitate obscură, cu totul nouă, de simbolism amenințător, și m-am cutremurat când labirintul clocotitor de ziduri și turnuri și minarete fabuloase s-a desprins din vaporii înghețați, forfotitori, de deasupra capetelor noastre.

Efectul a fost acela al unui oraș ciclopic, cu arhitectură necunoscută omului sau imaginației umane, cu vaste agregări de zidărie neagră ca smoala întruchipând monstruoase încălcări ale legilor geometrice și atingând cele mai grotești extreme ale bizareriei sinistre. Erau conuri trunchiate, uneori terasate sau canelate, peste care se aflau, ici și acolo, turnuri cilindrice înalte, bombate spre vârf și deseori acoperite cu discuri de întărire, subțiri și zimțate; nenumărate construcții ciudate, ca niște mese, sugerând mormane de felurite lespezi dreptunghiulare ori farfurii circulare sau stele cu cinci vârfuri, fiecare suprapunându-se celei de dinainte. Erau conuri și piramide compozite, fie izolate, fie pe culmea unor cilindri sau cuburi sau alte conuri și piramide trunchiate, turtite și, din loc în loc, turle ascuțite, în grupuri ciudate de câte cinci. Toate aceste structuri febrile păreau conectate prin poduri tubulare ce le uneau la diferite înălțimi amețitoare, iar dimensiunea sugerată a întregului era înfiorătoare și apăsătoare în gigantismul său extrem. Tipul general de miraj nu era diferit de unele dintre cele mai aiuritoare forme observate și desenate de Scoresby, vânătorul de balene în zona arctică, în 1820; dar în acel moment și în acel loc, cu acele piscuri montane întunecate și necunoscute ridicându-se fantastic înainte, în timp ce în gândurile noastre persista acea descoperire a anomaliilor dintr-o lume străveche și pe când spectrul probabilului dezastru ne învăluia cea mai mare parte a expediției, toți aveam impresia că în el puteam citi o urmă de răutate latentă și un semn prevestind răul infinit.

M-am bucurat când mirajul a început să se risipească, deși variile turnuri și conuri coșmarești au adoptat, temporar, forme distorsionate de-o hidoșenie și mai mare. În timp ce întreaga iluzie se dizolva într-o opalescență învolburată, am început să privim din nou spre pământ și am văzut că destinația noastră nu era departe. Munții necunoscuți din față se ridicau amețitor, ca o înfricoșătoare pavăză a uriașilor, curioasele lor regularități remarcându-se cu claritate uimitoare chiar și fără ajutorul unui binoclu. Eram deasupra colinelor joase de-acum și puteam vedea printre zăpadă, gheață și peticele de pământ dezgolit ale platoului principal două locuri întunecate pe care le-am identificat cu tabăra și forajul lui Lake. Colinele mai mari răsăreau la distanță de opt sau nouă kilometri, formând un lanț aproape distinct de linia înfiorătoare a piscurilor mai înalte decât Himalaya din spatele lor. Ropes – studentul care îl înlocuise pe McTighe la manșă – a început din timp manevrele de coborâre spre locul întunecat din stânga, cel pe care dimensiunea îl desemna ca fiind tabăra. Cât el a făcut asta, McTighe a trimis prin radio ultimul mesaj necenzurat pe care lumea avea să-l mai primească din partea expediției noastre.

Toată lumea a citit, sunt sigur, buletinele informative scurte și nesatisfăcătoare din restul sejurului nostru antarctic. La câteva ore după aterizare, am transmis un raport prudent despre tragedia peste care am dat și am anunțat, cu reținere, dispariția întregii echipe Lake, răpusă de teribilul vânt din ziua anterioară sau din noaptea dinainte. Unsprezece morți cunoscuți, tânărul Gedney dat dispărut. Oamenii ne-au scuzat pentru că i-am ținut în ceață, oferindu-le foarte puține amănunte, punând asta pe seama șocului pe care acel eveniment trist trebuie să ni-l fi provocat și ne-au crezut când le-am explicat că, din cauza vântului puternic, toate cele unsprezece cadavre erau atât de mutilate, încât transportarea lor acasă ieșea din discuție. Într-adevăr, mă amăgesc singur că, și în mijlocul nenorocirii, extrem de buimăciți și îngroziți dincolo de orice imaginație, rareori am trecut granița adevărului în comunicatele noastre. Incredibila semnificație rezidă în ce nu îndrăzneam să spunem, ce nu aș spune nici acum dacă n-ar fi nevoie să-i avertizez pe alții de existența acestor terori cumplite.

E cert că vântul făcuse ravagii de nedescris. Dacă toți i-ar fi putut supraviețui, chiar și fără cealaltă amenințare, este un lucru foarte îndoielnic. Furtuna, aducând în furia ei un baraj de particule de gheață, trebuie să fi depășit orice întâlnise expediția noastră până atunci. Un adăpost pentru avion – toate păreau lăsate într-o stare mult prea precară și inadecvată – era aproape pulverizat, iar sonda de la forajul din depărtare era făcută cu totul fărâme. Metalul expus al aparatelor de zbor și al celor de foraj era contorsionat și lustruit la perfecție, iar două dintre corturile mici erau culcate la pământ, în ciuda malului de protecție ridicat din zăpadă. Suprafețele de lemn rămase în urma dezastrului erau găurite și curățate de vopsea, iar toate urmele din zăpadă erau complet șterse. Este de asemenea adevărat că nu am găsit nici unul dintre obiectele biologice arhaice într-o stare ce ar fi permis transportarea lui spre bază ca întreg. Am adunat totuși câteva minerale dintr-un morman mare, răvășit, inclusiv mai multe fragmente de saponit verzui ale căror ciudate rotunjiri în cinci colțuri și vagi urme de puncte grupate au stârnit multe comparații improbabile, plus niște oase fosile, printre care se numărau câteva dintre cele mai tipice specimene ciudat afectate.

Nu supraviețuise nici un câine, țarcul lor făcut în grabă din zăpadă în apropierea taberei fiind aproape complet distrus. Probabil că era de vină vântul, cu toate că gradul mai ridicat de distrugere pe partea dinspre tabără, cea care nu stătea de fapt în calea vântului, sugerează că animalele însele, înnebunite, au încercat să-l sară sau să-l spargă. Toate cele trei sănii dispăruseră; am încercat să ne explicăm că e posibil ca vântul să le fi luat cu el în necunoscut. Aparatele de săpat și topit gheața de la foraj erau prea distruse ca să merite recuperate, așa că le-am folosit ca să astupăm poarta aceea întru câtva îngrijorătoare către trecut pe care o deschisese Lake. Am mai lăsat la tabără și două dintre cel mai grav afectate avioane, întrucât în echipa rămasă nu mai aveam decât patru piloți adevărați – Sherman, Danforth, McTighe și Ropes – iar Danforth era într-o stare mentală prea precară ca să poată pilota. Am luat cu noi toate cărțile, echipamentul științific și alte mărunțișuri pe care le-am putut găsi, deși cele mai multe se pierduseră, neștiute, în furtună. Corturile și blănurile de rezervă fie lipseau, fie erau imposibil de utilizat.

Era cam 4 după-masa, după ce un survol larg ne forțase să admitem că Gedney era pierdut, când am trimis acel mesaj reținut la Arkham pentru a fi transmis mai departe; și cred că am procedat bine păstrând un ton calm și neafectat. Tot ce am spus despre agitație se rezuma la câinii noștri, ale căror reacții necontrolate în preajma specimenelor biologice erau de așteptat judecând după cele spuse de bietul Lake. Nu am pomenit, cred, de aceeași neliniște a lor atunci când adulmecau în jurul bizarelor bucăți de saponit verde și al altor obiecte provenite din zona de dezastru, obiecte între care se numărau instrumente științifice, avioane și mașinării aflate deopotrivă în tabără și la foraj, ale căror părți componente fuseseră desprinse, mutate sau manipulate în alt fel de vânturile care trebuie să fi stârnit o deosebită curiozitate.

În legătură cu cele paisprezece specimene biologice am fost pardonabil vagi. Am relatat că singurele pe care le-am descoperit erau distruse, dar că rămăsese destul din ele pentru ca descrierea lui Lake să se dovedească complet și impresionant de exactă. Ne-a fost greu să nu ne dăm frâu liber emoțiilor în această privință – nu am pomenit de numere și nici nu am dezvăluit cum am găsit, mai exact, specimenele în cauză. Căzuserăm de acord deja să nu divulgăm nimic din ce ar sugera prezența nebuniei la oamenii lui Lake, și categoric suna a nebunie să găsești șase monstruozități imperfecte, îngropate în picioare în morminte de zăpadă adânci de trei metri, sub movile în cinci colțuri, presărate cu grupuri de puncte în tipare identice cu cele de pe bucățile ciudate de saponit verde, dezgropate din timpuri mezozoice sau terțiare. Cele opt specimene perfecte menționate de Lake păreau să fi fost spulberate complet.

Am avut grijă, totodată, de liniștea sufletească a publicului. Drept urmare, eu și Danforth nu am spus multe despre înfricoșătorul zbor peste munți din ziua următoare. Doar faptul că numai un avion mult ușurat de lest ar fi putut traversa un masiv atât de înalt a făcut, din fericire, ca în acel zbor de explorare să mergem doar noi doi. La ora unu noaptea, când ne-am înapoiat, Danforth era în pragul isteriei, deși reușea să își păstreze, remarcabil, cumpătul. Nu a fost nevoie de nici un pic de muncă de convingere pentru a-i smulge promisiunea să nu sufle o vorbă despre schițe și celelalte lucruri pe care le aduseserăm cu noi în buzunare, să nu le spună nimic celorlalți, în afară de ce conveniserăm să comunicăm lumii de afară, și să ascundă pelicula fotografică pentru a o developa ulterior. Așa încât acea parte a poveștii mele de acum va fi la fel de nouă pentru Pabodie, McTighe, Ropes, Sherman și ceilalți cum va fi pentru restul lumii. Adevărat, Danforth e mai hotărât să păstreze tăcerea decât mine, căci el a văzut – sau crede că a văzut – un lucru despre care refuză să-mi vorbească până și mie.

Cum știu toți, raportul nostru a inclus o poveste despre urcușul anevoios; o confirmare a opiniei lui Lake cum că piscurile înalte sunt din ardezie de Arhaic și din alte straturi de încrețire foarte primitive, rămase neschimbate cel puțin de la mijlocul perioadei comanhiene; un comentariu convențional asupra regularității formațiunilor cubice, ca de creneluri; o afirmație cum că gurile de peșteră indică prezența unor filoane calcaroase dizolvate; o ipoteză conform căreia anumite pante și pasaje ar permite escaladarea și traversarea întregului masiv de către cățărători experimentați; și o remarcă despre faptul că de misterioasa parte opusă se află un imens superplatou elevat, la fel de antic și neschimbat ca munții înșiși – 6.000 de metri înălțime, cu formațiuni stâncoase hidoase, ițindu-se printr-un strat subțire de gheață și cu coline joase, succesive, între suprafața propriu-zisă a platoului și prăpăstiile abrupte ale piscurilor înalte.

Acest corpus de date este veritabil în toate privințele, atât cât este, și i-a mulțumit pe deplin pe cei din tabără. Am explicat absența noastră de șaisprezece ore – un timp mai lung decât cel necesitat de programul nostru pentru zbor, aterizat, cercetat zona și colectat roci – printr-o lungă perioadă de mitice vânturi potrivnice, ceea ce a lămurit de asemenea, pe drept cuvânt, nevoia de-a ateriza pe colinele din partea opusă. Din fericire, povestea noastră a sunat îndeajuns de realist și prozaic încât alții să nu se simtă tentați să ne urmeze exemplul. Dacă ar fi încercat vreunul s-o facă, m-aș fi folosit de toată puterea mea de convingere pentru a-l opri – cât despre Danforth, nu știu ce-ar fi făcut el. În absența noastră, Pabodie, Sherman, Ropes, McTighe și Williamson lucraseră cu înfrigurare la cele două avioane mai bune ale lui Lake, pregătindu-le din nou pentru zbor, într-o completă nesocotire a mecanismului lor de operare grav avariat.

Am decis să încărcăm toate avioanele a doua zi dimineață și să pornim înapoi spre vechea noastră bază de îndată ce era posibil. Deși indirectă, aceasta era cea mai sigură cale de-a ne apropia de Strâmtoarea McMurdo, întrucât un zbor în linie dreaptă peste cele mai obscure întinderi ale continentului mort de secole ar fi implicat prea multe riscuri suplimentare. În lumina tragicei lovituri pe care echipa noastră o suferise cu privire la membrii săi și a echipamentului de forare distrus, nu mai putea fi vorba să ne continuăm explorările; pe deasupra, îndoielile și groaza care planau asupra noastră – și pe care nu le lăsam să se vadă – ne făceau să ne dorim doar să scăpăm cât mai iute posibil din acea lume australă a dezolării și-a nebuniei latente.

După cum știe publicul, întoarcerea noastră în lumea civilizată s-a înfăptuit fără alte dezastre. Toate avioanele au ajuns la vechea bază în seara zilei următoare, 27 ianuarie, după un zbor grăbit, fără escală; în 28 am ajuns la Strâmtoarea McMurdo, călătorind în două reprize, unica pauză fiind foarte scurtă și cauzată de defectarea unei cârme în fața vântului furios, pe când eram deasupra barierei de gheață, imediat ce am părăsit marele platou. Peste alte cinci zile, Arkham și Miskatonic, cu toți oamenii și tot echipamentul la bord, ieșeau din apele înghețate și înaintau pe Marea Ross, munții sfidători ai Teritoriului Victoria profilându-se către vest pe cerul antarctic posomorât și transformând tânguitul vântului într-un șuierat muzical prelung ce îmi îngheța inima. Peste mai puțin de două săptămâni, am lăsat în urmă ultimul licăr al teritoriului polar și am mulțumit cerului că scăpaserăm de un tărâm blestemat unde viața și moartea, spațiul și timpul au legat alianțe sumbre și blasfematorii în epocile neștiute de când materia s-a zvârcolit prima dată și-a înotat pe suprafața abia răcită a planetei.

De când ne-am întors, nu am precupețit nici un efort în a încerca să descurajăm viitoare explorări ale Antarcticii și am ținut pentru noi anumite îndoieli și bănuieli, dând dovadă de o splendidă unitate și loialitate. Nici chiar tânărul Danforth, care a făcut o cădere nervoasă, nu a scăpat vreo vorbă doctorilor săi – într-adevăr, cum am și spus, există un lucru anume pe care el singur l-a văzut și pe care refuză să mi-l spună chiar și mie, deși cred că l-ar ajuta psihologic dacă ar accepta s-o facă. Ar putea explica și ajuta mult, chit că, poate, lucrul acela n-a fost altceva decât o plăsmuire a imaginației, urmare a unui șoc anterior. Aceasta este impresia pe care o am după acele rare momente de iresponsabilitate când îmi șoptește lucruri fără sens – lucruri pe care le neagă apoi cu vehemență de îndată ce-și revine în simțiri.

Va fi greu să-i convingem pe alții să nu plece spre marele Sud alb, iar o parte din eforturile noastre ar putea face rău cauzei, atrăgând cercetări asupra ei. Ar fi trebuit să știm de la început că pentru om curiozitatea nu are moarte și că rezultatele pe care le-am anunțat sunt de ajuns pentru a-i face pe alții să pornească pe urmele necunoscutului ancestral. Rapoartele lui Lake despre acele monstruozități biologice au stârnit la maximum interesul naturaliștilor și paleontologilor, cu toate că noi am avut decența să nu scoatem la lumină părțile pe care le luaserăm din specimenele îngropate sau fotografiile pe care le-am făcut exemplarelor când au fost găsite. La fel, nu am expus public nici cele mai bizare dintre oasele scrijelite și bucățile de saponit verde, iar eu și Danforth am păzit cu strășnicie imaginile pe care le-am pozat sau desenat pe superplatoul din cealaltă parte a masivului, precum și mostrele boțite pe care le-am cules, le-am studiat cu groază și le-am adus cu noi în buzunare.

Dar acum se organizează echipa Starkweather-Moore, și asta cu grijă mult mai mare decât am arătat noi la vremea noastră. Dacă nu îi convingem să stea pe loc, vor ajunge la miezul tainic al Antarcticii și vor topi și fora până vor aduce la lumină ceea ce ar putea pune capăt lumii așa cum o știm. Așa că trebuie să abandonez, în cele din urmă, orice reținere – chiar și cea legată de suprema ființă cumplită dindărătul munților nebuniei.

Capitolul 4

Doar cu mare reținere și aversiune las gândul să mi se întoarcă la tabăra lui Lake, la ce am găsit acolo cu adevărat, și la celălalt lucru dindărătul înfricoșătorului zid al muntelui. Sunt mereu tentat să anunț detaliile în gura mare și să înlocuiesc aluziile cu faptele propriu-zise și cu deducții ineluctabile. Sper că am spus deja destule ca să pot trece scurt peste restul; mă refer, desigur, la restul ororii din tabără. Am amintit de terenul răvășit de vânt, de adăposturile distruse, de aparatele dezmembrate, de agitația câinilor noștri, de lipsa săniilor și a altor lucruri, de oamenii și câinii morți, de absența lui Gedney și de acele șase specimene biologice îngropate în acel mod incredibil, conservate ciudat de bine la nivelul țesutului în pofida multelor răni la nivel structural, provenite dintr-o lume dispărută de patruzeci de milioane de ani. Nu-mi amintesc dacă am pomenit că, atunci când am verificat cadavrele câinilor, am descoperit că lipsea unul. Nu ne-am gândit deloc la asta decât mai târziu – și atunci, doar eu și Danforth am făcut-o.

Detaliile principale pe care le-am tăinuit țin de cadavre și de anumite lucruri subtile care ar putea sau nu să ofere un fel hidos și incredibil de logică haosului aparent. La momentul acela am încercat să-i fac pe membrii echipei să nu se gândească la lucrurile acestea, întrucât era mult mai simplu - și mult mai normal - să punem totul pe seama unui acces de nebunie din partea unora din echipa lui Lake. După cum arătau lucrurile, acel demonic vânt montan trebuie să fi fost de ajuns pentru a scoate din minți orice om în mijlocul acelui nucleu al tuturor misterelor și dezolării pământene.

Cea mai mare anomalie, desigur, era starea cadavrelor - deopotrivă de oameni și câini. Cu toții fuseseră implicați într-un soi de conflict teribil; erau sfâșiați și schimonosiți în moduri extraordinare și complet inexplicabile. Din câte ne dădeam seama, moartea survenise în fiecare caz în parte prin strangulare sau sfâșiere. În mod evident, câinii începuseră nebunia, căci starea țarcului lor prost construit era dovada faptului că animalele forțaseră ieșirea. Fusese amplasat la oarecare distanță de tabără din cauza urii animalelor pentru acele organisme arhaice diavolești, însă această precauție părea să fi fost în van. Lăsați singuri în bătaia acelui vânt monstruos, în spatele unor ziduri șubrede insuficient de înalte, trebuie să fi început să se calce în picioare - dacă din cauza vântului sau a vreunui miros vag răspândit de specimenele acelea coșmarești, nimeni nu ar fi putut spune. Acele specimene, desigur, fuseseră acoperite cu o pânză de cort; totuși, soarele jos al Antarcticii lovise neîncetat asupra pânzei și Lake menționase că temperatura solară avea tendința de a face țesuturile intacte și dure ale ființelor să se detensioneze și să se extindă. Poate că vântul le descoperise și le mișcase în așa fel încât miasma lor înțepătoare a început să se simtă mai tare, în ciuda vechimii incredibil de mari.

Dar orice s-ar fi întâmplat, a fost ceva destul de hidos și dezgustător. Poate ar fi mai bine să las dezgustul deoparte și să povestesc în sfârșit ce a fost mai rău – chiar dacă aș face-o categoric subiectiv, pe baza observațiilor la fața locului și a celor mai rigide deducții, atât ale mele, cât și ale lui Danforth, cum că Gedney, pe-atunci deja dispărut, nu era în nici un fel răspunzător de ororile scârboase pe care le-am găsit. Am spus că leșurile erau sfârtecate în chip dezgustător. Acum trebuie să adaug că unele erau ciopârțite intenționat în cel mai curios și inuman fel, cu sânge-rece. La fel era și în cazul câinilor, și al oamenilor. Tuturor corpurilor mai sănătoase și zdravene, patrupede și bipede deopotrivă, le fusese tăiată și înlăturată, ca de un măcelar atent, bună parte din masa de țesut solid; în jurul lor era presărată, în mod straniu, sare – luată din cuferele cu provizii, deschise forțat, din avioane – ceea ce ducea cu gândul la cele mai oribile teorii. Operațiunea avusese loc într-unul dintre adăposturile rudimentare pentru avioane, din care aparatul de zbor fusese tras afară, iar vânturile care veniseră apoi șterseseră toate urmele ce ar fi putut oferi o teorie plauzibilă. Fragmentele împrăștiate de haine, tăiate fără discernământ de pe subiecții-oameni, nu ne spuneau nimic. Nu are rost să aducem în discuție o anumită urmă abia perceptibilă în zăpadă, într-un colț ferit al adăpostului distrus, deoarece urma aceea nu fusese lăsată de un om, ci era evident din categoria însemnelor fosile despre care bietul de Lake vorbise mereu în săptămânile anterioare. La umbra adâncă a acelor munți ai nebuniei, trebuia să-ți strunești bine imaginația.

Așa cum am arătat, până la urmă, Gedney și un câine s-a dovedit că lipsesc. Când am ajuns la acel teribil adăpost, aveam dați dispăruți doi câini și doi oameni, însă cortul de disecție, relativ intact, în care am intrat după ce am cercetat monstruoasele morminte, avea ceva de dezvăluit. Nu era așa cum îl lăsase Lake, întrucât membrele acoperite ale monstruozității primordiale fuseseră luate de pe masa improvizată. Adevărat, ne dăduserăm deja seama că una dintre cele șase ființe imperfecte pe care le găsiserăm îngropate în acel mod bizar – cea emanând un iz deosebit de respingător – trebuia să fie entitatea, pusă laolaltă, pe care Lake încercase s-o analizeze. Pe și în jurul acelei mese de laborator erau împrăștiate alte lucruri și nu ne-a luat mult să intuim că acelea erau părțile atent, dar ciudat și stângaci disecate ale unui om și-ale unui câine. Voi menaja sentimentele supraviețuitorilor omițând să menționez identitatea omului. Instrumentele de disecție ale lui Lake lipseau, însă existau dovezi ale curățării lor atente. Primusul dispăruse și el, deși în jurul locului unde se aflase am găsit împrăștiate, curios, chibrituri. Am îngropat părțile omenești lângă ceilalți zece oameni, iar pe cele canine cu ceilalți treizeci și cinci de câini. Cât despre bizarele pete de pe masa de laborator și de pe noianul de cărți ilustrate, răsfoite cu furie și risipite în jurul mesei, eram mult prea zdruncinați ca să speculăm.

Aceasta a fost cea mai rea parte a ororii din tabără, dar alte lucruri au fost la fel de tulburătoare. Dispariția lui Gedney, a unui câine, a celor opt specimene biologice neafectate, a celor trei sănii și a anumitor instrumente, a cărților tehnice și științifice ilustrate, a materialelor de scris, a lanternelor electrice și-a bateriilor, a hranei și-a combustibilului, a aparatelor de încălzit, a corturilor de rezervă, a costumelor de blană și-a altor asemenea lucruri scăpa complet oricărei teorii logice; la fel și petele de cerneală de pe anumite bucăți de hârtie și dovezile unei curioase activități experimentale în jurul avioanelor și a altor dispozitive mecanice atât din tabără, cât și de la foraj. Câinii păreau să deteste acel angrenaj extrem de deteriorat. Apoi, mai era și cămara răvășită, cu unele produse dispărute și cu maldărul discordant de comic de conserve desfăcute în cele mai improbabile moduri și locuri. Mulțimea de chibrituri împrăștiate, intacte, rupte sau arse, reprezenta altă enigmă minoră; la fel ca cele două sau trei pânze de cort și costume de blană pe care le-am găsit aruncate aiurea și care prezentau tăieturi stranii, datorate, probabil, unor neîndemânatice încercări de-a le adapta într-un fel inimaginabil. Maltratarea corpurilor umane și canine și îngroparea aiuritoare a specimenelor arhaice afectate erau toate parte integrantă din această aparentă nebunie dezintegratoare. În lumina unei situații precum cea prezentă, am fotografiat cu luare-aminte toate dovezile principale ale demențialei dezordini din tabără; vom folosi acele imagini ca sprijin pentru pledoaria noastră împotriva lansării plănuitei expediții Starkweather-Moore.

Primul lucru pe care l-am făcut după ce am găsit cadavrele din adăpost a fost să fotografiem și să deschidem șirul de morminte incredibile din movilele de zăpadă cu cinci colțuri. Nu am putut să nu observăm asemănarea dintre acele movile monstruoase, cu tiparul lor grupat de puncte, și descrierile făcute de Lake acelor ciudate bucăți de saponit verde; iar când am dat chiar peste unele bucăți din acel saponit, într-un morman uriaș de minerale, am descoperit că asemănarea era într-adevăr mare. Întreaga formațiune, trebuie să se înțeleagă limpede, părea a sugera în chip abominabil capul stea-de-mare al entităților arhaice; și am fost toți de acord că sugestia trebuie să fi avut un efect puternic asupra minților sensibilizate ale membrilor surmenați ai echipei lui Lake. Chiar și noi, prima dată când am văzut nemijlocit entitățile îngropate, am trăit un moment de groază și gândul ne-a zburat, mie și lui Pabodie, la unele dintre miturile primordiale, șocante, despre care citiserăm și auziserăm. Am înțeles cu toții că vederea și prezența continuă a acelor ființe trebuie să se fi suprapus opresivei solitudini polare și demoniculului vânt montan pentru a-i împinge pe oamenii lui Lake la nebunie.

Căci nebunia – Gedney fiindu-i singurul posibil supraviețuitor – era explicația adoptată spontan de toți, cel puțin declarativ; deși nu aș putea fi atât de naiv încât să neg că fiecare dintre noi este posibil să fi nutrit bănuieli fanteziste pe care luciditatea îl împiedica să le articuleze verbal până la capăt. După-amiază, Sherman, Pabodie și McTighe au efectuat un epuizant survol al teritoriului dimprejur, scrutând orizontul cu binocluri în căutarea lui Gedney și a celorlalte lucruri dispărute; dar nu a ieșit nimic la iveală. Au raportat că titanicul lanț muntos se întindea infinit la stânga și la dreapta, fără a scădea în înălțime sau a-și reduce anvergura. Pe unele culmi, totuși, formațiunile cubice regulate, ca niște bastioane, erau mai simple și mai abrupte, asemănându-se de două ori mai fantast cu ruinele asiatice de pe dealuri pictate de Roerich. Cât vedeai cu ochii, distribuția gurilor de peșteră pe culmile negre, fără zăpadă, ale munților părea relativ uniformă.

În ciuda tuturor acestor orori copleșitoare, ne mai rămăsese suficient zel științific și spirit de aventură cât să ne întrebăm cu privire la tărâmul necunoscut din spatele acelor munți misterioși. Așa cum spuneau mesajele noastre prudente, ne-am odihnit la miezul nopții, la capătul unei zile pline de teroare și zbucium; nu însă fără a schița un plan pentru unul sau mai multe zboruri de înălțime peste masiv, într-un avion ușor, cu o cameră aeriană și echipament geologic, urmând să plecăm dimineața următoare. S-a decis ca eu și Danforth să încercăm primii, așa că ne-am trezit la 7 a.m., vrând să pornim devreme; numai că vântul puternic – menționat în scurtul nostru buletin către lumea de afară – ne-a întârziat plecarea până aproape la ora 9.

Am repetat deja povestea inofensivă pe care le-am spus-o celor din tabără – și pe care am transmis-o apoi lumii largi – după întoarcerea noastră, șaisprezece ore mai târziu. Îmi revine acum teribila datorie de-a dezvolta această istorisire completând-o cu detalii despre ce am văzut de fapt în ascunsa lume transmontană – detalii despre revelațiile care l-au împins în cele din urmă pe Danforth în brațele căderii nervoase. Mi-aș dori să poată adăuga și el câteva vorbe sincere despre ființa pe care cred că a văzut-o doar el – chit că n-a fost, probabil, decât o iluzie datorată încordării nervoase – și care a fost, poate, ultima picătură ce l-a adus acolo unde este acum. El însă refuză cu fermitate. Nu pot decât să repet ultimele sale șoapte dezlânate despre ce l-a făcut să țipe în vreme ce avionul plana înapoi prin trecătoarea lovită de vânt, după acel șoc real și tangibil pe care l-am împărtășit și eu. Acesta va fi ultimul meu cuvânt. Dacă semnele clare ale supraviețuirii unor orori străvechi din ceea ce voi divulga nu vor fi suficiente pentru a-i împiedica pe alții să se aventureze în inima Antarcticii – sau cel puțin să iscodească prea adânc sub suprafața acelei extreme pustietăți de secrete interzise și dezolare neomenească, afurisită de epoci întregi –, responsabilitatea unor viitoare nenorociri de nerostit și poate nemărginite nu-mi va aparține mine.

Eu și Danforth, studiind însemnările lui Pabodie din timpul zborului de după-amiază și verificând cu un sextant, calculaserăm că cea mai joasă trecătoare abordabilă din acel masiv se afla undeva în dreapta noastră, la o distanță ce permitea vizibilitatea din tabără și cam la 7.000-7.300 de metri deasupra nivelului mării. Spre acel loc am pornit, așadar, cu avionul ușor în zborul nostru de cercetare. Tabăra însăși, între colinele de la marginea unui platou continental înalt, se afla la 3.600 de metri altitudine; astfel că înălțimea pe care trebuia să o atingem nu era atât de mare cum ar fi putut părea. Cu toate acestea, în timpul urcușului, eram extrem de conștienți de aerul rarefiat și de frigul năprasnic, întrucât, pentru a avea vizibilitate, a trebuit să lăsăm geamurile cabinei deschise. Eram, desigur, îmbrăcați în cele mai groase blănuri.

Apropiindu-ne de piscurile interzise, întunecate și sinistre deasupra liniei de zăpadă brăzdată de crevase și ghețari interstițiali, am observat din ce în ce mai multe formațiuni ciudat de regulate stând agățate de povârnișuri și ne-am gândit din nou la straniile tablouri asiatice ale lui Nicholas Roerich. Straturile de rocă antică și roasă de vreme confirmau pe deplin toate informările lui Lake și dovedeau că acele culmi bătrâne se înălțau acum exact ca în timpuri surprinzător de vechi ale istoriei pământului – poate peste cincizeci de milioane de ani. Cu cât fuseseră mai înalte, asta era inutil să ne întrebăm; dar totul la regiunea aceea stranie indica obscure influențe atmosferice nefavorabile schimbării, echilibrate în așa fel încât să întârzie obișnuitele procese climaterice de dezintegrare a rocii.

Ceea ce ne fascina și ne tulbura cel mai tare era însă amestecul de cuburi regulate, bastioane și guri de peșteră de pe peretele muntelui. Le-am studiat cu un binoclu și am făcut fotografii aeriene în timp ce Danforth pilota. Uneori l-am înlocuit la manșă – cu toate că aveam cunoștințe de aviație strict amatoricești – pentru a-l lăsa și pe el să folosească binoclul. Puteam vedea fără probleme că mare parte din materialul acelor lucruri era un cuarțit arhaic destul de pal, diferit de orice formațiune vizibilă la suprafața unei zone foarte întinse, și că regularitatea lor era extremă și nefirească într-un grad pe care bietul de Lake abia îl sugerase.

Cum spusese el, marginile lor erau prăbușite și rotunjite, după nenumărați eoni de intemperii violente, dar soliditatea lor supranaturală și materialul dur le salvaseră de la dispariție. Multe părți, mai ales cele aflate mai aproape de pante, păreau identice ca substanță cu suprafața de rocă dimprejur. Întregul aranjament arăta ca ruinele de la Machu Picchu din Anzi sau ca anticele ziduri de la fundația orașului Kiș, așa cum fuseseră ele dezgropate de expediția Oxford-Muzeul Field în 1929. Și deopotrivă eu și Danforth am avut acea întâmplătoare impresie de blocuri ciclopice separate, pe care Lake o atribuise tovarășului său de zbor Carroll. Explicația prezenței unor astfel de lucruri în locul acela mă depășea pur și simplu, și mă simțeam în chip ciudat umilit ca geolog. Formațiunile vulcanice au deseori regularități bizare – precum faimosul Pod al Uriașilor din Irlanda –, dar masivul acela uluitor, în ciuda bănuielii originale a lui Lake că ar fi conuri vulcanice, era mai presus de orice o evidentă structură non-vulcanică.

Interesantele guri de peșteră, în apropierea cărora straniile formațiuni păreau a se înghesui, reprezentau altă ciudățenie, chiar dacă mai puțin intrigantă, datorită formei lor regulate. Așa cum spusese Lake în informarea sa, erau deseori aproximativ pătrate sau semicirculare, de parcă acele orificii naturale ar fi fost trasate conform unei simetrii supreme de către o mână magică. Numărul lor mare și larga distribuție erau remarcabile și sugerau că întreaga regiune era străpunsă de tuneluri săpate în straturile de calcar. Privirea noastră nu pătrundea departe în acele caverne, dar am putut totuși să vedem că, aparent, în interior nu existau stalactite și stalagmite. Afară, acele părți ale pantelor montane învecinate deschizăturilor păreau invariabil netede și regulate; iar Danforth a observat că finele crăpături și adâncituri, rezultate în urma eroziunii, aveau o înclinație spre tipare neobișnuite. Așa îngrozit cum era în urma ciudățeniilor descoperite în tabără, a remarcat că adânciturile semănau vag cu acele grupuri inexplicabile de puncte împrăștiate pe bucățile de saponit verde primordial, atât de hidos copiate pe mormanele de zăpadă aiuritor alcătuite de deasupra celor șase monstruozități îngropate.

Ne ridicaserăm treptat în zbor deasupra colinelor mai înalte și avansaserăm spre trecătoarea relativ joasă pe care o aleseserăm. Înaintând, aruncam din când în când priviri în jos la zăpada și gheața rutei terestre, întrebându-ne dacă am fi putut încerca să facem drumul cu echipamentul mai simplu al zilelor de demult. Întru câtva spre surpriza noastră, am văzut că terenul nu era deloc exagerat de accidentat și că, în ciuda crevaselor și a altor locuri periculoase, nu ar fi zădărnicit înaintarea săniilor unui Scott, Shackleton sau Amundsen. Unii ghețari păreau să urce spre trecătorile dezgolite de vânt cu neobișnuită continuitate și, când am ajuns la trecătoarea aleasă de noi, am descoperit că nici ea nu făcea excepție.

Nerăbdarea încordată care ne încerca în vreme ce ne pregăteam să trecem de culme și să aruncăm o privire peste o lume necălcată de piciorul omului poate fi cu greu descrisă, chiar dacă nu aveam nici un motiv să credem că regiunile dindărătul masivului sunt esențialmente diferite de cele pe care le văzuserăm și traversaserăm deja. Nota de mister malefic a acelei bariere muntoase și a mării ademenitoare de cer opalescent zărit printre piscurile ei era ceva extrem de subtil și atenuat, ce nu trebuie explicat în cuvinte. Era mai degrabă o chestiune de simbolism psihologic vag și asociere estetică – ceva amestecat cu poezia și tablourile exotice, cu miturile antice care se odihnesc în volume uitate și interzise. Chiar și apăsarea vântului avea o stranie tentă de răutate conștientă, și pentru o clipă a părut că acel sunet compozit includea un șuierat sau un fluierat muzical bizar, acoperind o gamă largă, atunci când valurile de curenți intrau și ieșeau din gurile de peșteră omniprezente și răsunătoare. Era o notă neclară de repulsie reminiscentă în sunetul acela, la fel de complexă și de insondabilă ca oricare dintre celelalte impresii sumbre.

După o coborâre lentă, ne aflam acum la o înălțime de 7.184 de metri, conform aneroidului, și lăsaserăm în mod categoric regiunea acoperită de zăpezi sub noi. Acolo sus nu erau decât pante de stâncă neagră și goală și începutul unor ghețari puternic zimțați – însă acele cuburi, bastioane și guri de peșteră reverberante păstrau amintirea nenaturalului, a fantasticului și a oniricului. Uitându-mă de-a lungul șirului de piscuri înalte, mi-am zis că îl văd pe cel menționat de bietul Lake, cu un bastion exact deasupra. Părea a fi pe jumătate pierdut în strania pâclă antarctică; o atare pâclă, poate, fusese răspunzătoare pentru prima impresie a lui Lake cum că s-ar fi aflat în prezența vulcanismului. Trecătoarea se profila direct în fața noastră, netedă și măturată de vânt între pilonii ei inegali și malign înnegurați. Dincolo de ea se afla un cer brăzdat de vapori învolburați și luminat de soarele polar jos – cerul acelui misterios tărâm îndepărtat spre care noi credeam că nu se mai îndreptase niciodată privirea vreunui om.

Doar câțiva metri dacă ne mai înălțam, aveam să zărim acel tărâm. Eu și Danforth, incapabili să scoatem vreun cuvânt altfel decât strigând, în mijlocul acelui vânt tânguitor care străbătea trecătoarea adăugându-se zgomotului asurzitor al motoarelor, am schimbat priviri grăitoare. Și atunci, după ce am urcat și acei ultimi metri, am privit într-adevăr pe deasupra impunătorului paravan de rocă spre tainele virginale ale unui pământ străvechi și cu totul străin.

Capitolul 5

Cred că amândoi am strigat deodată, pătrunși de un amestec de înfiorare, mirare, teroare și neîncredere în propriile simțuri, când în sfârșit am ieșit din trecătoare și am văzut ce se afla dincolo. Sigur că trebuie să fi avut vreun fel de teorie naturală în adâncul minții, care să ne echilibreze pe moment sistemul de valori și credințe. Probabil gândul ne-a zburat la alte lucruri asemănătoare, precum stâncile grotesc modelate de vreme din Grădina Zeilor din Colorado, sau la rocile de-o simetrie fantastică, cioplite de vânt, din deșertul Arizona. Poate am crezut chiar pe jumătate că nu era decât un miraj asemenea celui pe care îl văzuserăm cu o dimineață înainte, când ne apropiaserăm prima dată de acei munți ai nebuniei. Trebuie să fi avut vreun soi de noțiuni normale la care să apelăm ca la o plasă de siguranță atunci când ochii ne-au căzut peste acel platou fără margini, măturat de furtuni, și am cuprins dintr-o privire labirintul aproape nesfârșit de lespezi colosale, regulate și armonioase geometric, care își sumețeau vârfurile roase și găurite deasupra unui strat de gheață cu grosime maximă de nu mai mult de 12 sau 15 metri și pe alocuri în mod evident chiar mai subțire.

Efectul acelei priveliști monstruoase a fost indescriptibil, întrucât din prima clipă ne-a fost clar că asistam la o diavolească încălcare a legilor naturale cunoscute. Acolo, pe un podiș infernal de antic, aflat la o altitudine de 6.000 de metri, și într-o climă care nu favoriza viața încă dintr-o epocă preumană, de acum nu mai puțin de 500.000 de ani, se întindea aproape până la marginea câmpului vizual un amestec de stânci simetrice pe care doar disperarea autoapărării mentale îl putea atribui altor cauze decât uneia conștiente și artificiale. Anterior negaserăm, cu toată seriozitatea, orice teorie conform căreia cuburile și bastioanele de pe versanți ar fi avut altfel de origine decât naturală. Cum era posibil să fie altfel, când omul însuși abia se desprinsese de ramura marilor maimuțe la vremea când acea regiune sucombase actualei domnii atotputernice a morții glaciale?

Totuși, acum, rațiunea părea irefutabil zdruncinată, întrucât acel labirint ciclopic de blocuri pătrate, curbe și angulare prezenta trăsături care zădărniceau orice refugiu într-o explicație comodă. Era, cât se poate de limpede, orașul blasfemator din miraj transpus ineluctabil într-o realitate nudă și obiectivă. Acea închipuire afurisită avusese totuși o bază solidă – existaseră unele straturi orizontale de aburi glaciali în atmosferă, iar amalgamul acela de stânci șocante își proiectase imaginea peste munți conform celor mai simple legi ale reflecției. Sigur că iluzia fusese contorsionată și exagerată și conținuse lucruri pe care sursa reală nu le conținea; cu toate astea, acum, în vreme ce contemplam sursa reală, o consideram și mai hidoasă și amenințătoare decât imaginea ei proiectată la distanță.

Numai masivitatea neomenească și incredibilă a acelor uriașe turnuri și bastioane de piatră făcuse ca peisajul acela înspăimântător să nu cadă pradă anihilării totale în sutele de mii – poate milioanele – de ani în care dormitase înconjurat de munți sumbri. „*Corona Mundi*... Acoperișul Lumii..." Tot soiul de definiții fantastice ne veneau pe buze când priveam amețiți în jos spre acel spectacol incredibil. M-am gândit din nou la sinistrele mituri primordiale care mă urmăreau cu atâta îndârjire de când dădusem prima oară cu ochii de lumea aceea antarctică moartă – la platoul demonic Leng, la extratereștrii Mi-Go sau la abominabilii Oameni-ai-Zăpezilor din Himalaya, la manuscrisele pnakotice cu implicațiile lor preumane, la cultul Cthulhu, la *Necronomicon* și la legendele hiperboreene ale semizeului amorf Tsathoggua și ale mai rău decât amorfului vlăstar astral asociat cu el.

Cale de kilometri fără număr în toate direcțiile, panorama se întindea aproape complet neschimbată; adevărat, pe când o urmăream cu privirea la dreapta și la stânga de-a lungul poalelor scunde și graduale ale colinelor ce o separau de peretele propriu-zis al muntelui, am tras concluzia că nu vedem absolut nici o modificare a ei, cu excepția unei întreruperi la stânga trecătorii prin care veniserăm. Priveam, la întâmplare, doar o parte limitată din ceva incomensurabil. Colinele erau presărate cu mai puține structuri grotești de piatră, legând orașul grotesc de cuburile și bastioanele deja familiare, care formau, evident, avanposturile lui montane. Acestea din urmă, dar și bizarele guri de peșteră, erau la fel de dese pe interior cum erau pe laturile exterioare ale munților.

Nenumitul labirint de piatră consta, în cea mai mare parte, din pereți de gheață transparentă cu înălțimea cuprinsă între 3 și 45 de metri și cu o grosime variind între 1,5 și 3 metri. Era compus cu precădere din blocuri enorme de ardezie, șist sau gresie primordială – în multe cazuri cu dimensiuni chiar de 1,2 × 1,8 × 2,4 metri –, chiar dacă în mai multe locuri păreau cioplite dintr-un strat solid și inegal de rocă de ardezie precambriană. Clădirile nu aveau nici de departe aceeași dimensiune, existând nenumărate aranjament-fagure extraordinar de întinse, dar și structuri mai mici, separate. În general, forma acestora avea tendința de-a fi conică, piramidală sau terasată, deși existau mulți cilindri perfecți, cuburi perfecte, grupuri de cuburi și alte forme dreptunghiulare, și o bizară risipire de edificii unghiulare a căror amprentă la sol, în cinci colțuri, amintea, din depărtare, de fortificațiile moderne. Constructorii se folosiseră constant și expert de principiul bolții și probabil că existaseră domuri în zilele de glorie ale orașului.

Acel amalgam, în întregul lui, era monstruos modelat de vreme, iar suprafața de gheață de pe care se înălțau turnurile era presărată cu blocuri căzute și rămășițe străvechi. Acolo unde ghețarul era transparent, puteam vedea părțile de jos ale pilonilor gigantici și am observat podurile de piatră, conservate în gheață, care uneau unele turnuri la distanțe diferite deasupra solului. Pe zidurile expuse puteam observa locurile degradate unde poduri de același fel sau chiar mai înalte existaseră cândva. La o privire mai atentă, am descoperit nenumărate ferestre relativ mari, dintre care unele erau închise cu obloane de lemn acum pietrificat, însă majoritatea erau deschise, căscate într-un fel sinistru, amenințător. Multe dintre ruine nu aveau, desigur, acoperiș, iar partea superioară a pereților era inegală, cu muchiile rotunjite de vânt; în același timp, altele, mai degrabă conice, piramidale sau protejate de structuri împrejmuitoare mai înalte, își păstrau intactă structura, în pofida omniprezentelor semne ale degradării. Cu ajutorul binoclului, abia am putut desluși ceea ce păreau a fi decorațiuni sculpturale dispuse de-a lungul cornișelor – decorațiuni incluzând acele curioase grupuri de puncte a căror prezență pe bucățile de saponit antic căpăta acum o semnificație mult mai largă.

În multe locuri, clădirile erau ruinate complet și stratul de gheață era crăpat adânc din diverse pricini geologice. În altele, zidăria de piatră era roasă până la nivelul glaciației. Pe o fâșie întreagă, întinzându-se din interiorul platoului către o despicătură dintre coline cam la un kilometru și jumătate la stânga trecătorii pe care o străbătuserăm, nu se vedea nici o construcție; probabil reprezenta, am conchis noi, cursul vreunui mare râu care în vremuri terțiare – cu milioane de ani în urmă – curgea prin oraș și se vărsa în cine știe ce uriaș abis subteran din marele lanț muntos. Categoric, aceasta era cu precădere o regiune dominată de peșteri, prăpăstii și secrete subterane sfidând atingerea omului.

Gândindu-mă retrospectiv la senzațiile noastre și amintindu-mi ce uluiți am fost să vedem acea monstruoasă relicvă din eoni pe care îi consideraserăm preumani, nu pot să nu mă mir că ne-am păstrat și numai acel simulacrul de echilibru. Sigur, știam că ceva – cronologia, teoria științifică sau chiar conștiința noastră – era teribil de greșit; totuși, am rămas suficient de stăpâni pe noi încât să pilotăm avionul, să observăm multe lucruri destul de amănunțit și să facem o serie de fotografii care încă ne-ar putea ajuta atât pe noi, cât și lumea întreagă, la timpul cuvenit. În cazul meu, e posibil să mă fi ajutat reflexul științific pe care mi-l imprimasem în timp; căci, mai presus de buimăcire și de sentimentul de amenințare, mă încerca în mod deosebit curiozitatea de-a desluși mai mult din acel secret ancestral – de-a afla ce soi de ființe clădiseră și locuiseră în acel loc imposibil de uriaș și ce relație ar fi putut avea o comunitate atât de numeroasă cu restul lumii, în vremurile sale sau în alte timpuri.

Căci locul acela nu putea fi un oraș ca oricare altul. Probabil reprezenta nucleul primar și centrul unui arhaic și incredibil capitol al istoriei pământului, ale cărui ramificații exterioare, reținute doar vag în mituri obscure și distorsionate, dispăruseră complet în haosul transformărilor terestre, cu mult înainte ca prima ființă umană să se fi desprins timid dintr-o primată. Înaintea noastră se desfășura un megalopolis paleogen în comparație cu care legendarele Atlantida și Lemuria, Commoriom și Uzuldaroum, ba chiar și Olathoë din tărâmul lui Lomar sunt lucruri recente și țin de ziua de azi – nici măcar de cea de ieri; un megalopolis emanând atâta păgânism implicit preuman ca și Valusia, R'lyeh, Ib din tărâmul lui Mnar și Orașul fără nume din Deșertul Arabiei. În timp ce zburam pe deasupra acelei încâlceli dezolante de turnuri titanice, imaginația mi-a scăpat la răstimpuri din hățuri și a zburdat fără țintă pe domeniile asocierilor fantastice – țesând legături chiar și între acea lume dispărută și propriile-mi visuri dezlănțuite, despre ororile înnebunitoare din tabără.

Pentru a fi mai ușori, rezervorul de combustibil al avionului fusese umplut doar parțial; drept care, acum trebuia să fim cumpăniți în explorările noastre. Chiar și așa, însă, am acoperit o suprafață extrem de întinsă după ce am coborât la un nivel unde vântul devenea aproape neglijabil. Masivul muntos părea să nu aibă capăt; la fel, nici înfiorătorul oraș de piatră care îi mărginea colinele din interior. Optzeci de kilometri parcurși în zbor în ambele direcții n-au arătat vreo modificare majoră a labirintului de rocă și zidărie care se înălța precum un cadavru prin gheața eternă. Erau, totuși, câteva variații fascinante, cum ar fi forma în care fusese cioplită piatra canionului acolo unde acel râu lat străpungea odinioară colinele, apropiindu-se de hăul în care-și precipita apele în adâncul masivului măreț. Promontoriile de la intrarea în albie fuseseră îndrăzneț cioplite sub forma unor piloni ciclopici, și ceva din formele acelea cilindrice și striate stârnea, în chip ciudat, jumătăți de amintiri vagi, neplăcute și tulburătoare, deopotrivă în mine și-n Danforth.

Am întâlnit, de asemenea, mai multe spații deschise în formă de stea, în mod evident piețe publice, și am observat diverse locuri unde terenul prezenta unduiri. Acolo unde se ridica un deal abrupt, era în general scobit într-un soi de edificiu de piatră fără noimă; existau însă cel puțin două excepții. Dintre acestea, una era prea tare roasă de vreme pentru a desluși ce se afla în vârf, în vreme ce a doua încă susținea un monument fantastic, conic, cioplit dintr-o rocă solidă și semănând de departe cu așa-numitul Mormânt al Șarpelui din antica vale Petra.

Îndepărtându-ne de munți, am descoperit că orașul nu era infinit de mare, chiar dacă se întindea pe coline aparent la nesfârșit. După aproape 50 de kilometri, groteștile clădiri de piatră începeau să se rărească și, peste alți 16 kilometri, am dat peste un pustiu neîntrerupt unde nu era absolut nici un semn al intervenției străine. Cursul râului în afara orașului părea marcat de o linie lată și adâncită, în vreme ce pământul devenea întru câtva mai aspru, părând să urce încet pe măsură ce se îndepărta spre vestul cufundat în ceață.

Până atunci nu aterizaserăm nicăieri, însă a părăsi platoul fără o încercare de-a pătrunde în unele dintre monstruoasele structuri ar fi fost de neconceput. Prin urmare, am decis să găsim un loc plat pe colinele din apropierea trecătorii accesibile, unde să aterizăm avionul și de unde să începem o scurtă explorare terestră. Cu toate că pantele acelea graduale erau parțial acoperite, ici și acolo, de ruine, zburând la joasă altitudine am găsit un mare număr de posibile locuri de aterizare. Alegându-l pe cel mai apropiat trecătorii, căci următorul zbor avea să fie peste marele masiv înapoi la tabără, am reușit, pe la 12:30 după-masa, să coborâm pe un teren de zăpadă netedă și întărită, unde obstacolele lipseau cu desăvârșire, permițând în același timp o ulterioară decolare ușoară.

Nu părea necesar să protejăm avionul, pentru o perioadă atât de scurtă și la o viteză a vântului atât de mică, la acel nivel, ridicând un mal de zăpadă, așa că ne-am asigurat doar ca schiurile de aterizare să fie bine blocate și ca părțile vitale ale mecanismului să fie apărate de frig. Pregătindu-ne pentru mersul pe jos, am renunțat la blănurile groase și am luat cu noi echipament restrâns, constând dintr-o busolă de buzunar, o cameră de mână, provizii ușoare, carnete groase și hârtie, ciocănel și daltă de geologie, pungi pentru mostre, colaci de cordelină și lanterne electrice puternice, cu baterii de rezervă; aveam acest echipament în avion în eventualitatea că vom putea efectua o aterizare pentru a face fotografii de la sol, a realiza desene și schițe topografice și a obține mostre de rocă de pe cine știe ce pantă stearpă, afloriment sau peșteră montană. Din fericire, aveam o rezervă bogată de hârtie ca să ne permitem să rupem mai multe foi și să le vârâm înăuntrul unei pungi de mostre, ca să le presărăm în urma noastră, ca pe niște firmituri de pâine, astfel încât să nu ne rătăcim în cine știe ce labirint ar fi trebuit să pătrundem. Aduseserăm hârtia în caz că am fi găsit un sistem de peșteri cu suficient oxigen ca să permită marcarea traseului prin afumarea din loc în loc a rocii, în locul obișnuitei metode de scobire a unor semne în perete.

Pășind precaut la vale pe zăpada întărită, spre copleșitorul labirint de piatră care se profila pe fundalul opalescent din vest, ne-a încercat sentimentul unor minuni gata să se petreacă, la fel de puternic cum ne încercase pe când ne apropiam de trecătoarea necunoscută cu patru ore înainte. Ce-i drept, ne familiarizaserăm vizual cu incredibilul secret ascuns de bariera piscurilor; totuși, gândul de-a intra la propriu între zidurile primordiale ridicate de ființe gânditoare cu, poate, milioane de ani în urmă – înainte ca orice rasă umană cunoscută să fi putut exista – era cu nimic mai puțin copleșitor și potențial teribil în implicațiile lui de anormalitate cosmică. Deși atmosfera rarefiată de la acea altitudine mare făcea efortul fizic mai greu de îndurat decât de obicei, și eu, și Danforth am descoperit că facem față foarte bine și simțeam că suntem la înălțimea oricărei provocări ne-ar fi putut apărea în cale. A fost nevoie de doar câțiva pași ca să ajungem la o ruină fără formă, erodată la nivel cu zăpada, în vreme ce la 50 sau 75 de metri depărtare se afla un uriaș bastion fără acoperiș, încă intact în arhitectura lui gigantică, în cinci colțuri, ridicându-se la o înălțime neregulată de aproximativ 3 metri. Spre acesta din urmă am pornit noi, iar când în sfârșit am putut să-i atingem blocurile ciclopice bătute de vreme, am simțit că am stabilit o legătură nemaiîntâlnită și aproape blasfematoare cu eoni uitați și în mod normal inaccesibili speciei noastre.

Acel bastion, având forma unei stele și aproximativ 90 de metri de la un vârf la altul, era construit din blocuri de gresie din Jurasic, de dimensiuni neregulate, cu o suprafață medie de 1,8 × 2,4 metri. Se remarca un rând de deschizături boltite sau ferestre late cam de 1,2 metri și înalte de 1,5 metri, dispuse la distanțe cât se poate de egale de-a lungul vârfurilor de stea și la unghiurile interioare, pervazurile fiind cam la 1,2 metri de suprafața ghețarului. Uitându-ne prin ele, am remarcat că zidăria era groasă de 1,5 metri, că înăuntru nu mai rămăseseră în picioare pereți despărțitori și că existau urme de ciopliturі sau basoreliefuri pe zidurile interioare; toate, lucruri pe care le bănuiserăm deja pe când zburam pe deasupra acestui bastion și-a altora ca el. Deși părțile inferioare trebuie să fi existat la început, acum orice urmă a lor era ascunsă complet de stratul adânc de gheață și zăpadă.

Ne-am târât pe una dintre ferestre și am încercat zadarnic să descifrăm semnele aproape șterse de pe pereți, dar nu am îndrăznit să atingem podeaua de gheață. Zborurile noastre de orientare indicaseră că multe clădiri din centrul orașului erau mai puțin înghițite de gheață și că am putea găsi, eventual, interioare complet accesibile, ducând în jos până la adevăratul nivel de la parter, dacă am fi intrat în acele structuri purtând încă acoperișul deasupra. Înainte să abandonăm bastionul, l-am fotografiat cu atenție și i-am studiat, complet buimăciți, zidăria ciclopică fără îmbinări de mortar. Ne-am dorit ca Pabodie să fi fost de față, căci cunoștințele lui de inginerie ne-ar fi ajutat să ne dăm seama cum era posibil ca niște blocuri atât de mari să fie manevrate într-o epocă așa îndepărtată ca aceea când orașul și zonele lui limitrofe fuseseră clădite.

Parcursul de mai puțin de un kilometru, la deal în jos, către orașul propriu-zis, în timp ce vântul de la înălțime se tânguia sălbatic printre piscurile semețe din fundal, a fost presărat cu detalii mărunte care-mi vor rămâne mereu săpate în minte. Numai în coșmaruri fantastice ar fi putut alte ființe umane în afara mea și a lui Danforth să conceapă asemenea efecte optice. Între noi și vaporii învârtejiți de la vest se întindea acea monstruoasă încâlceală de turnuri din piatră neagră, formele lor incredibile și insolite impresionându-ne ca prima dată din fiecare nou unghi le-am fi privit. Era un miraj din stâncă solidă și, dacă n-am avea fotografiile, m-aș îndoi și acum de existența unui asemenea lucru. Tipul general de zidărie era identic cu acela al bastionului pe care îl examinaserăm, însă formele extravagante pe care această arhitectură urbană le adopta întreceau orice descriere.

Chiar și imaginile ilustrează doar unul sau două stadii ale infinitei bizarerii, ale nesfârșitei varietăți, ale masivității supranaturale și-ale exotismului extrem. Erau forme geometrice pentru care Euclid cu greu ar fi putut găsi un nume – conuri de toate gradele de iregularitate și trunchiere, terase disproporționate în cele mai provocatoare feluri, turnuri cu stranii dependințe bulboase, coloane sparte dispuse în grupuri ciudate și aranjamente în cinci colțuri sau coame de-un grotesc aiuritor. Apropiindu-ne, ne-am uitat prin unele părți transparente ale stratului de gheață și am remarcat unele dintre podurile tubulare de piatră care făceau legătura între acele nebunești structuri la diferite înălțimi. Străzi normale nu păreau să existe defel, singura fâșie lată și goală aflându-se un kilometru și jumătate la stânga, acolo unde indubitabil cursese râul antic, străbătând orașul în drum spre munți.

Cu ajutorul binoclurilor, am observat că rândurile orizontale, externe, de gravuri și grupurile de puncte aproape complet șterse erau răspândite și aproape că ne-am putut aproape imagina cum trebuie să fi arătat orașul – chiar dacă majoritatea acoperișurilor și vârfurilor de turn dispăruseră inevitabil. Ca întreg, fusese o încâlceală complexă de alei și poteci sinuoase, toate niște canioane adânci, iar unele aproape niște tuneluri, datorită zidurilor povârnite sau a podurilor. Acum, desfășurat mai jos de noi, arăta ca o fantezie onirică pe canavaua unei ceți dinspre apus, prin al cărei capăt nordic soarele antarctic al după-amiezii timpurii, roșiatic și jos, se străduia să răzbească; iar când, pentru o clipă, soarele întâlnea un obstacol mai dens și arunca scena într-o umbră temporară, efectul era puțin amenințător, într-un fel pe care nu pot spera să-l descriu vreodată. Până și urletul tânguitor al vântului îndepărtat, suflând prin trecătorile din muntele masiv din spatele nostru, adopta o notă mai sălbatică, de răutate intenționată. Ultima etapă a coborârii noastre în oraș a fost neobișnuit de abruptă și un afloriment aflat în locul unde unghiul înclinării se schimba ne-a făcut să ne gândim că acolo existase cândva o terasă artificială. Sub stratul de gheață bănuiam că probabil exista o scară de un fel sau altul.

Când, în sfârșit, am plonjat aievea în orașul labirintic, cățărându-ne peste moloz și crispându-ne de apropierea opresivă și înălțimea copleșitoare a omniprezenților pereți șubreziți și găuriți, ne-au cuprins din nou sentimente atât de puternice, încât m-am minunat cât autocontrol ne-am păstrat totuși. Danforth era sincer speriat și a început să facă irelevante speculații ofensatoare la adresa ororii din tabără – pe care le-am respins cu atât mai mult cu cât nu mă puteam înfrâna să nu împărtășesc anumite concluzii pe care ni le livrau forțat multe din trăsăturile acelei morbide relicve dintr-un timp antic coșmaresc. Speculațiile îi influențau și lui imaginația, căci într-un rând – când o alee plină de moloz a făcut brusc curbă – a insistat că a văzut urme vagi pe sol, urme care nu îi plăceau; altă dată, s-a oprit să asculte un sunet imaginar venind dintr-un loc nedefinit – un țiuit înfundat, a spus el, similar celui al vântului în peșteri și totuși diferit, într-un mod deranjant. Motivul în cinci colțuri care apărea neîncetat în arhitectura din jur și cele câteva arabescuri murale distincte conțineau conotații vag sinistre, care nu ne puteau scăpa și ne dădeau o teribilă certitudine subconștientă privitoare la entitățile primitive care clădiseră și locuiseră în locul acela blestemat.

Cu toate astea, sufletele noastre de aventurieri și oameni de știință nu erau complet moarte. Ne-am continuat mecanic programul, culegând mostre din toate tipurile de roci reprezentate în zidărie. Ne doream un set cât se poate de complet, ca să putem trage concluzii cât mai corecte cu privire la vârsta acelui loc. Nimic din marile ziduri exterioare nu părea să fie mai vechi decât perioadele Jurasic și Comanhian, tot așa cum nici o bucată de piatră din tot acest loc nu era mai nouă de Pliocen. Fără urmă de îndoială, pășeam înconjurați de vestigiile a ceva ce existase vreme de cel puțin 500.000 de ani și, cu toată probabilitatea, chiar mai mult decât atât.

În drumul nostru prin acel labirint unde umbrele clădirilor de piatră creau efectul unui crepuscul perpetuu, ne-am oprit la toate deschizăturile accesibile pentru a studia interioare și a cerceta posibilități de intrare. Unele erau prea sus și nu ajungeam la ele, în vreme ce altele duceau înăuntrul unor ruine acoperite de gheață, la fel de pustii și fără acoperiș ca bastionul de pe deal. Una, deși spațioasă și ispititoare, se deschidea spre un abis aparent fără fund, în care nu vedeam nici o cale de a coborî. Când și când, aveam ocazia să studiem lemnul pietrificat al câte unui oblon și eram impresionați de vechimea fabuloasă sugerată de granulația încă perceptibilă. Acele lucruri proveneau din gimnosperme și conifere din Mezozoic – mai ales cicadeele cretacice – și din palmieri și angiosperme timpurii datând evident din Terțiar. Nu am putut descoperi nimic mai vechi decât dovezile din Pleistocen. Dispunerea acelor obloane – ale căror margini trădau prezența unor balamale ciudate, demult dispărute – părea să varieze, unele fiind montate pe exterior și altele pe interiorul decupajului adânc. Aparent, fuseseră încastrate, supraviețuind astfel corodării fostelor închizători probabil metalice.

După un timp, am dat peste un șir de ferestre – în proeminențele unui con colosal, cu cinci colțuri și vârfurile neafectate – care duceau spre o încăpere mare, bine conservată, cu podele de piatră. Erau fixate însă prea sus ca să ne permită coborârea fără o frânghie. Aveam una cu noi, dar nu voiam să ne pierdem timpul coborând 6 metri decât dacă nu aveam încotro – mai ales în acel platou unde aerul înrarefiat cerea inimii să facă mari eforturi. Încăperea aceea enormă era probabil un coridor sau un hol de-un fel sau altul, iar lanternele noastre electrice au scos la lumină gravuri îndrăznețe, distincte și potențial înfricoșătoare, aranjate pe pereți în rânduri late, orizontale, separate de fâșii la fel de late de arabescuri convenționale. Am observat cu luare-aminte acest loc, având de gând să intrăm dacă nu aveam să găsim alt interior în care să pătrundem mai ușor.

Până la urmă, însă, am întâlnit exact deschizătura dorită: o arcadă largă de aproximativ 2 metri și înaltă de 3, marcând fostul capăt al unui pod aerian care se întindea cândva peste o alee aflată la un metru și jumătate peste nivelul actual al gheții. Deasupra acestor arcade se ridicau, desigur, mai multe etaje, iar în cazul de față unul dintre ele încă exista. Clădirea astfel accesibilă era la o serie de terase dreptunghiulare în stânga noastră, cu fața către vest. De cealaltă parte a aleii, unde se căsca cealaltă arcadă, se afla un cilindru decrepit, fără ferestre și cu o ciudată umflătură cam la 3 metri deasupra deschizăturii. Era întuneric deplin înăuntru și arcada părea să se caște spre un puț de vid nesfârșit.

Maldărele de dărâmături făceau intrarea în întinsa clădire din stânga de două ori mai ușoară și totuși, o clipă, am ezitat înainte să profităm de această ocazie îndelung visată. Căci, deși pătrunseserăm în acea încâlceală de mistere antice, a fost nevoie să ne luăm iarăși inima în dinți ca să intrăm de-a dreptul într-o clădire care se păstrase intactă, o clădire dintr-o lume ancestrală fabuloasă, a cărei natură începea să ne fie din ce în ce mai clară, într-un mod hidos. În cele din urmă, totuși, am făcut saltul și ne-am grăbit peste moloz în breșa căscată. De cealaltă parte, podeaua era din lespezi mari de ardezie și părea să formeze antreul unui coridor lung și înalt, cu pereții gravați.

Când am observat mulțimea de arcade interioare care porneau de acolo și am înțeles probabila complexitate a cuibului de apartamente pe care le conținea clădirea, am decis că trebuie să începem să lăsăm urme după noi. Până în clipa aceea, busolele, împreună cu imaginea deseori zărită a munților uriași printre turnurile din spate, ne fuseseră suficiente ca să nu rătăcim drumul; dar de acum înainte, substitutul natural avea să fi necesar. Drept urmare, am rupt hârtia în plus în fâșii de dimensiuni potrivite, le-am așezat într-o pungă pe care urma s-o poarte Danforth și ne-am pregătit să le folosim cât de chibzuit ne permitea siguranța. Această metodă probabil că avea să ne ajute la orientare, întrucât nu păreau a fi curenți puternici de aer în acea clădire primordială. Dacă aveau să se stârnească ulterior, sau dacă rezerva de hârtie avea să se epuizeze, puteam apela oricând, desigur, la metoda mai sigură, deși mai incomodă și mai anevoioasă, a cioplitului de semne în piatră.

Cât de întins era teritoriul pe care îl găsiserăm, asta era imposibil de spus fără a-l măsura cu pasul. Legăturile frecvente și apropiate dintre clădiri sporeau probabilitatea de a trece dintr-una în alta pe poduri de sub gheață, exceptând locurile unde eram împiedicați de surpări izolate și falii geologice, căci glaciația părea să fi pus stăpânire pe o foarte mică parte din acele construcții masive. Aproape toate peticele de gheață transparentă arătaseră ferestrele scufundate ca fiind bine oblonite, ca și când orașul ar fi fost lăsat în starea aceea uniformă până când stratul glacial ajunsese să cristalizeze partea inferioară pentru toate epocile ulterioare. Într-adevăr, puteai rămâne cu impresia ciudată că locul acela fusese intenționat închis și părăsit într-un eon neclar, demult apus, mai degrabă decât ipoteza că fusese copleșit de o calamitate neașteptată ori chiar lăsat degradării treptate. Oare apropierea glaciațiunii fusese prevăzută, iar o populație fără nume plecase în masă în căutarea unui adăpost mai sigur? Studiul condițiilor fiziografice exacte care contribuiseră la formarea calotei glaciare în acel loc trebuia să aștepte. Era cât se poate de limpede că acestea nu reprezentaseră un factor de eroziune. Poate că apăsarea zăpezilor acumulate fusese răspunzătoare; și poate că o revărsare a apelor râului ori distrugerea vreunui antic dig glacial din masivul muntos contribuiseră la crearea stării deosebite pe care o vedeam acum. Imaginația putea oferi aproape orice explicație vizavi de locul acela.

Capitolul 6

Ar fi complicat să ofer o mărturisire detaliată, pas cu pas, a rătăcirilor noastre înăuntrul acelui fagure cavernos, mort de secole, de zidărie primordială, acel sălaș monstruos al secretelor străvechi în care răsuna acum, pentru prima dată după epoci nenumărate, sunetul pașilor umani. Acest lucru este adevărat în special datorită faptului că atât de multe din oribila dramă și revelație proveneau din simplul studiu al omniprezentelor gravuri murale. Fotografiile noastre făcute la lumina lanternelor vor ajuta mult la demonstrarea adevărului destăinuirilor noastre de acum, și este regretabil că nu am avut la noi mai multe role de film. Chiar și așa, după ce am epuizat pelicula, am realizat schițe de mână ale anumitor trăsături frapante.

Clădirea în care intraserăm era una extrem de mare și de complicat proiectată, dându-ne o impresie vagă despre arhitectura acelui nenumit trecut geologic. Pereții despărțitori nu erau la fel de masivi ca aceia de la exterior, dar la nivelurile inferioare erau excelent conservați. Complexitatea labirintică, presupunând curioase și neregulate diferențe de nivel al palierelor, caracteriza întregul aranjament, și ne-am fi pierdut fără doar și poate chiar de la început, de n-ar fi fost dâra de hârtiuțe lăsată în urmă. Am hotărât să explorăm înainte de toate părțile superioare, mai decrepite, așa că am urcat mult în labirint, pe o distanță de vreo 30 de metri, spre locul unde ultimul cat de camere căsca înzăpezit și ruinat către cerul polar. Am urcat pe rampe abrupte de piatră, prevăzute cu traverse, ori pe planuri înclinate care țineau peste tot locul scărilor. Încăperile pe care le-am întâlnit erau de toate formele și proporțiile imaginabile, variind de la stele în cinci colțuri la triunghiuri și cuburi perfecte. Aș putea spune fără teama de-a greși că suprafața lor medie era undeva la 9 × 9 metri, cu înălțimea de 6 metri; existau însă și multe apartamente mai mari. După ce am examinat cu maximă atenție zonele superioare și nivelul glacial, am coborât etaj cu etaj în partea scufundată, unde într-adevăr am văzut curând că ne găseam într-un labirint continuu de încăperi și pasaje interconectate, ducând probabil pe distanțe nemărginite în afara clădirii aceleia. Masivitatea ciclopică și gigantismul tuturor lucrurilor înconjurătoare deveneau straniu de apăsătoare, și era ceva vag, dar profund neomenesc în toate contururile, dimensiunile, proporțiile, decorațiunile și nuanțele constructive ale acelei blasfematorii zidării arhaice de piatră. În scurt timp, ne-am dat seama, din ce ne-au dezvăluit ciopliturile, că acel oraș monstruos era vechi de multe milioane de ani.

Nu pot să explic nici acum principiile inginerești folosite la anormala așezare în echilibru și potrivire a marilor mase de piatră, cu toate că principiul arcadei era evident folosit intens. Încăperile pe care le-am vizitat erau golite de toate lucrurile mobile, un fapt care ne susținea ideea că orașul fusese părăsit intenționat. Principala trăsătură decorativă era sistemul aproape universal de gravură murală, care avea tendința de-a fi desfășurat în fâșii orizontale continue late de un metru și aranjate de la podea la tavan în alternanță cu arabescuri geometrice. Existau excepții de la această regulă, însă atât de puține, încât aranjamentul general era copleșitor. Deseori, totuși, câte o serie de cartușe netede conținând ciudate grupuri de puncte era introdusă alături de fâșiile cu arabescuri.

Tehnica, am remarcat curând, era matură, desăvârșită și evoluată estetic la cel mai înalt grad al măiestriei educate; asta deși era absolut străină, până în cel mai mic detaliu, de orice tradiție artistică a rasei umane. În privința delicateții execuției, nici o gravură pe care o văzusem vreodată nu se compara cu ea. Amănuntele infinitezimale ale reprezentărilor vegetale sau animale erau redate cu uimitoare precizie, în pofida dimensiunii îndrăznețe a gravurii, în vreme ce modelele convenționale erau minuni ale complexității dibace. Arabescurile trădau o profundă cunoaștere a principiilor matematice și erau alcătuite din curbe simetrice diafane și în unghiuri bazate pe numărul cinci. Fâșiile picturale respectau o tradiție intens formalizată și utilizau o stranie abordare a perspectivei; respirau însă o forță artistică ce ne mișca profund, în ciuda uriașelor perioade geologice care ne despărțeau de ele.

Metoda de execuție se baza pe o juxtapunere unică a secțiunii transversale cu silueta bidimensională și întruchipa o psihologie analitică depășind-o pe aceea a oricărei civilizații omenești cunoscute din antichitate. Nu avea rost să încerc să compar această artă cu vreuna reprezentantă în muzeele noastre. Cei care ne văd fotografiile probabil vor găsi că cea mai potrivită analogie, dată de anumite trăsături grotești, este cu cei mai îndrăzneți futuriști.

Arabescurile ornamentale constau în întregime din linii a căror adâncime pe acei pereți neexpuși elementelor varia între 2,5 și 5 centimetri. Când apăreau cartușele cu grupuri de puncte – în mod evident ca inscripții într-o limbă primordială cu alfabet necunoscut – adâncitura suprafeței netede era de poate 3 centimetri, iar a punctelor, de poate încă 1 centimetru. Fâșiile picturale erau executate într-un relief mic, fundalul lor fiind adâncit cu vreo 5 centimetri față de suprafața peretelui. În unele cazuri puteau fi depistate urmele unei foste colorații, deși în cea mai mare parte scurgerea timpului de-a lungul eonilor fără număr dezintegrase și ștersese orice pigment ce-ar fi putut fi aplicat acolo. Cu cât studiai mai multe minunata tehnică, cu atât cădeai mai mult în admirație. În spatele convenționalismului lor strict puteai remarca observația acută și priceperea grafică a artiștilor; mai mult chiar, convențiile însele slujeau ca simbol și accentuau esența reală sau diferența vitală a fiecărui obiect descris. Simțeam, în același timp, că pe lângă acele dovezi recognoscibile ale excelenței mai erau și altele care scăpau puterii noastre de percepție. Unele accente, ici și colo, ofereau vagi impresii ale unor simboluri latente și stimuli pe care altă bază mentală și emoțională, precum și o înzestrare senzorială mai avansată sau diferită, le-ar fi dat, poate, o semnificație mai profundă și pătrunzătoare.

Subiectul gravurilor se inspira evident din viața epocii dispărute în care fuseseră create și conținea în mare măsură evidente fragmente de istorie. Tocmai această anormală conștiință a istoriei la acea rasă primordială – un fapt care acționa, întâmplător, miraculos, în favoarea noastră – făcea ca gravurile să fie atât de importante pentru noi, grație informațiilor pe care le conțineau, și tot asta ne-a determinat să punem mai presus de orice dovezi fotografiile și descrierile scriptice realizate după ele. În unele camere, aranjamentul dominant era completat de prezența unor hărți, a unor grafice astronomice și a altor desene științifice realizate la scară mare – acestea oferind o naivă și teribilă coroborare a ceea ce desluşeam din frizele și panelurile picturale. Încercând să exprim ce ne-a revelat întregul, nu pot decât să sper că prezentarea mea nu va stârni o curiozitate mai mare decât precauția cerebrală din partea celor care îmi dau cât de cât crezare. Ar fi tragic dacă cineva s-ar simți atras spre acel tărâm al morții și ororii chiar din vina avertismentului menit să-l descurajeze.

Din loc în loc, în pereții gravați erau tăiate ferestre înalte și intrări masive, de 3,5 metri, ambele păstrând ici și colo scândurile pietrificate – minuțios cioplite și lustruite – ale obloanelor și ușilor însele. Toate componentele metalice dispăruseră de mult, dar unele uși rămăseseră în loc și au trebuit date forțat deoparte ca să trecem dintr-o odaie în alta. Cercevele cu panouri transparente stranii – majoritatea eliptice – supraviețuiseră ici și colo, deși puternic degradate. Existau de asemenea multe nișe extrem de mari, majoritatea goale, însă unele conțineau obiecte bizare cioplite în saponit verde, care erau fie sparte, fie fuseseră socotite, poate, prea neînsemnate pentru a merita să fie salvate. Alte deschizături erau indubitabil conectate la demult apusele instalații mecanice – de încălzire, de iluminat și altele asemenea –, sugerate în multe dintre reliefuri. Tavanele erau în mare parte simple, dar din loc în loc fuseseră încrustate cu saponit verde sau alte bucăți de piatră, majoritatea desprinse acum. Podelele erau, de asemenea, pavate cu astfel de lespezi, însă predominantă era piatra simplă.

Așa cum am spus, tot mobilierul și alte obiecte transportabile lipseau; gravurile însă ne ofereau o idee limpede despre ciudatele mașinării care umpluseră odată acele odăi cavernoase, ca niște morminte. Deasupra fâșiei de gheață, mare parte din podele erau acoperite de un strat gros de moloz și mizerii felurite, dar, coborând, acesta se diminua. În unele dintre încăperile și coridoarele de jos nu se găsea altceva decât praf aspru și încrustații străvechi, în vreme ce unele locuri aveau un aer nefiresc de curățenie proaspătă. Sigur că, acolo unde se produseseră prăbușiri sau rupturi, nivelurile inferioare erau la fel de murdare precum cele superioare. O curte centrală – la fel ca în alte structuri pe care le văzuserăm din aer - salva zonele interioare de domnia întunericului total, așa încât rareori a trebuit să folosim lanternele electrice în camerele de la etaj, excepție făcând momentele când studiam detalii gravate. Sub calota glaciară, însă, crepusculul se adâncea și, în multe părți ale parterului încâlcit, bezna absolută nu era departe.

Pentru a vă face o idee rudimentară despre gândurile și sentimentele noastre în timp ce străbăteam acel labirint de zidărie neomenească, cufundat de milioane de ani în tăcere, trebuie să corelați un haos cu totul incredibil de stări, amintiri și impresii trecătoare. Simpla vechime înfricoșătoare și dezolarea mortală a locului erau suficiente să copleșească aproape orice om simțitor, iar la aceste elemente se adăugau recentele orori inexplicabile din tabără și revelațiile mult prea curând aduse de teribilele sculpturi în relief din jurul nostru. În clipa când întâlneam o porțiune perfectă de perete gravat, unde nu era loc de nici o ambiguitate interpretativă, era nevoie doar de un scurt studiu ca să ni se arate hidosul adevăr - unul pe care ar fi o naivitate să susțin că eu și Danforth nu-l suspectaserăm înainte, separat, deși ne abținuserăm cu grijă de la a-l menționa fie și numai aluziv unul față de celălalt. De-acum nu mai putea fi nici o îndoială, din păcate, cu privire la natura ființelor care construiseră și ocupaseră acel monstruos oraș mort cu milioane de ani în urmă, pe când strămoșii omului erau niște simple mamifere primitive, iar dinozauri uriași populau stepele tropicale din Europa și Asia.

Înainte ne agățaserăm cu disperare de o alternativă și insistaserăm – fiecare pentru sine – că omniprezența motivului stelei în cinci colțuri desemna doar o exaltare culturală sau religioasă a obiectului natural arhaic care întruchipase fără echivoc această calitate, la fel cum motivele decorative din Creta minoică proslăveau taurul sacru, acelea din Egipt, scarabeul, acelea din Roma, lupul și vulturul, iar acelea ale diverselor triburi sălbatice, un animal totemic. Acest unic refugiu ne fusese însă luat și eram nevoiți să dăm piept cu realitatea cutremurătoare pe care cititorul acestor pagini fără îndoială a anticipat-o de mult. Chiar și acum îmi vine foarte greu să scriu negru pe alb, însă poate că nu va fi necesar.

Ființele care ridicaseră cândva și locuiseră în edificiile acelea înfiorătoare, în epoca saurienilor, nu erau deloc dinozauri, ci ceva mult mai rău. Dinozaurii erau pe-atunci lucruri noi și aproape lipsite de creier – în vreme ce făuritorii orașului erau înțelepți și bătrâni, și lăsaseră anumite urme în pietre așezate una peste alta, chiar și la vremea aceea, de mai bine de o mie de milioane de ani... pietre clădite înainte ca adevărata viață pe pământ să fi avansat dincolo de grupurile celulare... pietre clădite înainte ca adevărata viață pe pământ să fi existat măcar. Ei erau creatorii și cuceritorii acelei vieți și, mai presus de toate, sursa de inspirație a diabolicelor mituri străvechi la care lucrări precum manuscrisele pnakotice și *Necronomiconul* fac trimiteri înspăimântate. Ei erau Marii Străbuni care coborâseră din stele când pământul era tânăr – ființele a căror substanță fusese modelată de-o evoluție extrapământeană și-ale căror puteri erau nemaivăzute pe această planetă. Și când mă gândesc că doar cu o zi în urmă eu și Danforth priviserăm de-a dreptul fragmente din substanța lor milenară, fosilizată... și că bietul Lake și echipa lui le văzuseră întreaga făptură...

Îmi este, desigur, imposibil să transmit în ordinea corectă etapele în care am aflat ceea ce știm despre acest monstruos capitol al vieții preumane. După primul șoc produs de această revelație, a trebuit să luăm o scurtă pauză, să ne revenim, și se făcuse deja ora trei când am pornit în adevăratul tur sistematic de cercetare. Gravurile din clădirile în care am intrat erau de dată relativ recentă – poate de acum două milioane de ani –, după cum ne arătau trăsăturile geologice, biologice și astronomice, și erau reprezentative pentru o artă care s-ar numi decadentă în comparație cu aceea a specimenelor găsite în clădirile mai vechi, după ce am trecut câteva poduri pe sub stratul de gheață. Un edificiu săpat în rocă solidă părea să coboare în timp patruzeci sau chiar cincizeci de milioane de ani – până la Eocenul timpuriu sau Cretacicul târziu – și conținea basoreliefuri de-o măiestrie depășind orice altceva întâlniserăm, cu o singură excepție colosală. Aceea era, am convenit de atunci, cea mai veche structură domestică pe care am străbătut-o.

Dacă nu ne-am fi ajutat de acele lanterne despre care publicul va afla curând, m-aș feri să povestesc ce am găsit și aș încheia aici, cu riscul de-a fi închis la nebuni. Sigur că părțile de-o vechime infinită ale poveștii fragmentare – reprezentând viața preterestră a ființelor cu cap în formă de stea, pe alte planete, în alte galaxii și în alte universuri – poate fi ușor interpretată drept mitologia fantastă chiar a acelor ființe, însă acele părți implicau uneori desene și diagrame atât de nefiresc asemănătoare cu cele mai recente descoperiri ale matematicii și astrofizicii, încât aproape nu mai știu ce să cred. Să judece alții atunci când vor vedea fotografiile pe care le voi publica.

Evident, nici unul dintre seturile de gravuri pe care le-am întâlnit nu spunea mai mult de un fragment infim din vreo poveste care să se lege și nici n-am întâlnit diversele etape ale acelei povești în ordinea cuvenită. Unele dintre întinsele încăperi erau unități independente, în ceea ce privește desenele de pe pereții lor, în vreme ce în alte cazuri o cronică întreagă se derula pe parcursul unei serii de încăperi și coridoare. Cele mai bune hărți și diagrame erau pe pereții unui înfricoșător abis aflat chiar mai jos de anticul parter – o cavernă de vreo 60 de metri pătrați și înaltă de 18, care fusese aproape sigur un fel de centru educațional. Existau multe repetiții enervante ale aceluiași material în camere și clădiri diferite, înțelegând de aici că anumite capitole de experiență și anumite rezumate ori faze ale istoriei rasiale fuseseră, evident, preferatele mai multor decoratori sau locuitori. Uneori, însă, diferite versiuni ale aceleiași teme se dovedeau folositoare pentru lămurirea anumitor detalii neclare și pentru completarea cu unele elemente lipsă.

Încă mă minunez că am dedus atâtea în scurtul timp avut la dispoziție. Sigur, chiar și acum nu avem decât o schemă dintre cele mai simple, și mare parte am obținut-o după studierea fotografiilor și a schițelor făcute de noi. Poate că efectul acestui studiu ulterior – reactivarea amintirilor și a vagilor impresii, adăugată sensibilității lui generale și acelei presupuse orori zărite la final, a cărei esență refuză să mi-o destăinuiască până și mie – este sursa imediată a actualei căderi nervoase a lui Danforth. Trebuia s-o facem, însă, căci nu puteam emite avertismentul într-un mod coerent fără a deține cât mai multe informații posibil, iar emiterea acestuia este de primă necesitate. Unele foarte persistente în acea necunoscută lume antarctică a timpului dereglat și-a unei străine legi a naturii fac imperios necesară împiedicarea oricărei noi explorări.

Capitolul 7

Povestea întreagă, atât cât am descifrat-o, va apărea în scurt timp într-un buletin oficial al Universității Miskatonic. Aici voi schița doar cele mai importante aspecte într-un fel dezordonat, aleatoriu. Că reprezentau un mit sau nu, gravurile vorbeau despre venirea din cosmos a acelor ființe cu cap în formă de stea, pe pământul abia născut, fără urmă de viață – despre venirea lor, dar și a multor altor entități extraterestre care, la anumite intervale, pornesc în misiuni de cercetare a spațiului. Păreau capabile să traverseze eterul interstelar cu ajutorul enormelor aripi membranoase – confirmând astfel, în mod bizar, o curioasă poveste din folclor care îmi fusese spusă demult de un coleg anticar. Trăiseră sub apa mării mult timp, construind orașe fantastice și purtând lupte teribile cu adversari nenumiți, folosindu-se de mașinării complicate, care funcționează pe baza unor necunoscute principii energetice. Evident, cunoștințele lor științifice și de mecanică le depășeau cu mult pe cele ale omului de azi, deși se foloseau de formele lor mai elaborate și ample doar când nu aveau de ales. Unele gravuri sugerau că trecuseră printr-un stadiu de viață mecanizată pe alte planete, dar că regresaseră când găsiseră că efectele acesteia erau nemulțumitoare emoțional. Duritatea supranaturală a organismului lor și simplitatea nevoilor naturale le făceau deosebit de rezistente la traiul la altitudine foarte mare, unde supraviețuiau fără roadele mai specializate ale producției artificiale și chiar fără veșminte, excepție făcând unele măsuri de protecție împotriva elementelor naturii.

Sub apă au creat și viața pe pământ, întâi pentru hrană și mai apoi cu alte scopuri – folosind substanțe existente și unele metode de mult știute. Experimentele mai complicate au survenit după anihilarea diverșilor dușmani cosmici. Procedaseră la fel și pe alte planete; produseseră nu doar hrana necesară, ci și anumite mase protoplasmice multicelulare capabile să-și modeleze țesuturile în tot soiul de organe temporare, sub influență hipnotică, fiind astfel sclavii ideali care să execute munca grea în comunitate. Aceste mase vâscoase erau fără îndoială cele despre care Abdul Alhazred vorbea în șoaptă, numindu-le „shoggothi", în înfricoșătorul lui *Necronomicon*, deși nici chiar arabul acela nebun nu sugerase că vreuna ar fi existat pe Pământ, ci doar în visele celor care mestecau o anumită plantă alcaloidă. Când Cei Străvechi, cu capul în formă de stea, ajunseseră pe această planetă, își sintetizaseră formele simple de hrană și creaseră o rezervă mare de shoggothi, permiseseră altor grupuri celulare să se dezvolte în alte forme de viață animală și vegetală din varii motive, eliminându-le însă pe oricare riscau să devină o problemă.

Cu ajutorul shoggothilor, care-și puteau mări masa și astfel puteau fi puși să ridice greutăți uriașe, micile și scundele orașe de sub mare s-au transformat în labirinturi de piatră vaste și impunătoare, asemănătoare cu cele care, ulterior, au răsărit pe uscat. Într-adevăr, extrem de adaptabilii Străvechi trăiseră mult pe uscat în alte părți ale universului și probabil păstraseră multe tradiții de construire pe uscat. În timp ce am studiat arhitectura tuturor acelor orașe paleogene sculptate, inclusiv acele coridoare moarte de veacuri pe care le traversam chiar atunci, am fost impresionați de o curioasă coincidență pe care încă n-am încercat s-o explicăm – nici măcar nouă înșine. Părțile superioare ale clădirilor, care în orașul din jurul nostru fuseseră, desigur, erodate de vreme și transformate cu secole în urmă în ruine amorfe, erau limpede reprezentate în basoreliefuri, afișând grupuri vaste de turnuri ascuțite, elemente decorative delicate, montate pe unele vârfuri de con și de piramidă, iar în partea superioară a turnurilor cilindrice – rânduri înguste, orizontale, formate din discuri festonate. Exact asta văzuserăm în acel monstruos și neobișnuit miraj aruncat de un oraș mort, ale cărui acoperișuri lipseau de mii și zeci de mii de ani, care se profilase în fața ochilor noștri neștiutori dindărătul misterioșilor munți ai nebuniei pe când ne apropiam prima dată de tabăra blestemată a bietului Lake.

Despre viața Celor Străvechi, deopotrivă sub apă și după ce o parte dintre ei a migrat pe uscat, s-ar putea scrie volume întregi. Cei din apele puțin adânci au continuat să-și folosească ochii din capătul celor cinci tentacule principale aflate la nivelul capului și au practicat mai departe artele gravurii și scrisului într-un mod cât se poate de obișnuit – scriau cu un stilou pe suprafețe ceruite, rezistente la apă. Cei aflați mai în adâncul oceanului, cu toate că foloseau un curios organism fosforescent pentru a genera lumină, și-au ascuțit vederea cu ajutorul unor obscure simțuri speciale acționând prin cilii prismatici de pe cap – simțuri care îi făceau pe toți Cei Străvechi parțial independenți de lumină în situații de urgență. Metodele lor de-a grava și de-a scrie se schimbaseră curios în timpul coborârii în adâncuri, întruchipând anumite procese aparent chimice de acoperire – probabil pentru a asigura fosforescența – pe care basoreliefurile nu reușeau să ni le transmită clar. Ființele se mișcau în apă parțial prin înot – folosind brațele crinoide laterale – și parțial mișcând din rândul inferior de tentacule care conțineau pseudopodele. Uneori reușeau să se proiecteze pe distanțe lungi cu ajutorul suplimentar al celor două sau mai multe seturi de aripi care se strângeau ca un evantai. Pe uscat foloseau pe distanțe scurte pseudopodele, dar când și când se ridicau la mari înălțimi și zburau pe distanțe lungi dând din aripi. Numeroasele tentacule suple care se ramificau din brațele crinoide erau extrem de delicate, flexibile, puternice și precise în coordonarea lor musculo-nervoasă, asigurându-le o dexteritate și o dibăcie extraordinare în toate acțiunile artistice și-n orice altă operațiune manuală.

Rezistența acelor ființe era aproape incredibilă. Chiar și teribila presiune de pe fundul adânc al mărilor părea lipsită de puterea de-a le face vreun rău. Aparent, foarte puține muriseră altfel decât ca victime ale violenței, iar locurile lor de înmormântare erau foarte puține. Faptul că își acopereau morții înhumați vertical cu movile purtând însemne în cinci colțuri a trezit în Danforth și mine gânduri care au necesitat o nouă oprire de odihnă după ce gravurile ne-au revelat asta. Ființele se înmulțeau prin intermediul sporilor – asemenea pteridofitelor vegetale, așa cum presupusese Lake – dar grație rezistenței și longevității lor sporite, și ca urmare a lipsei nevoii de înlocuire, nu încurajau dezvoltarea la scară mare a noilor protale, excepție făcând ocaziile când aveau de colonizat noi regiuni. Tinerii ajungeau repede la maturitate și primeau o educație depășind evident orice standard ne-am putea închipui noi. Viața intelectuală și estetică dominantă era foarte evoluată și producea un set de cutume și instituții durabile pe care le voi descrie mai amănunțit în viitoarea monografie. Acestea variau discret în funcție de marea sau solul pe care îl ocupau ființele, însă aveau aceleași fundații și caracteristici de bază.

Deși erau capabile, asemenea plantelor, să-și extragă seva din substanțe anorganice, preferau în general hrana organică și în special cea de origine animală. Mâncau forme de viață marină crude, însă pe uscat își găteau alimentele. Vânau animale sălbatice și creșteau turme pentru carne – ucigând cu arme ascuțite care lăsau acele urme ciudate pe care le observaserăm pe anumite fosile. Rezistau oricăror temperaturi obișnuite fără nici o problemă, iar în starea lor naturală puteau trăi în apă până la temperatura de îngheț. Totuși, când se apropiase marea glaciațiune din Pleistocen – în urmă cu aproape un milion de ani – cele care trăiau pe uscat au fost nevoite să apeleze la mijloace speciale, inclusiv la căldura artificială; asta până când, în cele din urmă, frigul mortal pare să le fi împins înapoi în apa mării. Legenda spune că, pentru a face față zborurilor preistorice prin spațiul cosmic, absorbiseră anumite substanțe chimice și deveniseră aproape independente de mâncare, respirat și condiții meteo, dar până când venise marele frig, pierduseră știința acelei metode. În orice caz, n-ar fi putut prelungi starea artificială la nesfârșit fără a avea de suferit.

Fiind structuri semivegetale și neformând perechi, Cei Străvechi nu aveau o bază biologică pentru faza familială a vieții de mamifer, dar păreau să organizeze gospodării mari pe principiile utilizării confortabile a spațiului și – cum am dedus din ocupațiile și diversitatea colocatarilor descrise în imagini – a afinității asocierilor mentale. Mobilându-și casele, țineau totul în mijlocul camerelor uriașe, lăsând pereții liberi pentru a fi decorați. Iluminarea, în cazul locuitorilor pe uscat, era realizată printr-un dispozitiv de natură probabil electrochimică. Atât pe uscat, cât și sub apă foloseau mese, scaune și canapele ciudate, asemenea unor cadre cilindrice – întrucât ei se odihneau și dormeau în picioare, cu tentaculele relaxate –

și rafturi pentru seturile rabatabile de suprafețe punctate care erau cărțile lor.

Sistemul de guvernare era în mod evident complex și probabil socialist, deși nimic sigur în această privință nu se putea deduce din gravurile pe care le-am văzut. Exista un comerț înfloritor, deopotrivă local și între orașe diferite – anumite fise mici și turtite, în cinci colțuri și încrustate, servind ca bani. Probabil cele mai mici dintre bucățile de saponit verde găsite de expediția noastră erau astfel de monede. Deși cultura lor era preponderent urbană, se ocupau întru câtva cu agricultura și, pe scară mai extinsă, cu creșterea animalelor. Practicau, de asemenea, mineritul și, în grad mai redus, manufactura. Călătoreau frecvent, dar migrația permanentă părea a surveni relativ rar, cu excepția marilor mișcări colonizatoare prin care se extindea rasa. Pentru locomoție, indivizii nu foloseau nici un mijloc ajutător extern, întrucât pe pământ, în aer și în apă, mișcarea Celor Străvechi părea să dețină mari capacități pentru viteză. Greutățile, totuși, erau trase de animale de povară – shoggothii sub apă și un soi curios de vertebrate primitive în ultimii ani ai existenței pe uscat.

Aceste vertebrate, ca și o infinitate de alte forme de viață – animale și vegetale, marine, terestre și aeriene – erau produsul unui proces evolutiv nedirijat al celulelor vii create de Cei Străvechi, dar scăpate de sub controlul lor. Li se îngăduise să se dezvolte nestingherite deoarece nu intraseră în conflict cu ființele dominante. Formele deranjante erau, desigur, exterminate mecanic. Ne-a trezit interesul să vedem în unele dintre ultimele și cele mai decadente gravuri un mamifer primitiv greoi, folosit uneori ca hrană și alteori ca bufon de către locuitorii uscatului, ale cărui trăsături vag simiene și umane erau inconfundabile. La construirea orașelor pe pământ, uriașele blocuri de piatră ale turnurilor înalte erau ridicate în general de pterodactili cu aripi mari, aparținând unei specii până acum necunoscute paleontologiei.

Înverșunarea cu care Cei Străvechi au supraviețuit diverselor modificări geologice și zguduiri ale scoarței terestre era aproape miraculoasă. Deși nici unul sau puține dintre primele lor orașe păreau să mai fi rămas de dinainte de perioada arhaică, nu exista nici un hiat în civilizația lor sau în înlănțuirea mărturiilor lăsate de ei. Locul primului lor contact cu planeta e Oceanul Antarctic și e probabil să fi sosit nu cu mult după ce materia care alcătuiește Luna fusese smulsă din învecinatul Pacific de Sud. Conform uneia dintre hărțile gravate, întregul glob se afla pe atunci sub apă, orașe de piatră împrăștiindu-se tot mai departe de regiunea antarctică pe măsură ce eonii treceau. O altă hartă arăta o bucată mare de pământ uscat în jurul Polului Sud, unde este evident că unele ființe și-au ridicat așezări experimentale, deși centrele lor erau transferate pe fundul celei mai apropiate mări. Hărți mai recente, care arată această masă de uscat fisurându-se și plutind în derivă, unele bucăți pornind spre nord, confirmă într-un fel izbitor teoria derivei continentelor susținută ulterior de Taylor, Wegener și Joly.

Odată cu apariția noului pământ, în Pacificul de Sud au început să se producă evenimente formidabile. Unele dintre orașele marine au fost distruse iremediabil, însă aceasta nu a fost cea mai grea lovitură. Altă rasă – o rasă terestră de ființe având formă asemănătoare cu a caracatițelor și corespunzând probabil fabuloaselor vlăstare preumane Cthulhu – a început curând să coboare din infinitul cosmic și-a pornit un război monstruos care, pentru o vreme, i-a împins pe Cei Străvechi înapoi în mare – o lovitură colosală, ținând cont de așezările terestre tot mai numeroase. Ulterior s-a căzut la pace și noile pământuri au fost cedate vlăstarelor Cthulhu, iar Cei Străvechi au rămas să stăpânească marea și pământurile mai vechi. Au fost întemeiate noi orașe pe pământ – cel mai mare dintre ele în Antarctica, întrucât această regiune a primei lor sosiri era sacră. De atunci încoace, ca înainte, Antarctica a rămas leagănul civilizației Celor Străvechi și toate orașele clădite acolo de vlăstarele Cthulhu au fost distruse. Apoi, dintr-odată, pământurile din Pacific s-au scufundat din nou, luând cu ele înfiorătorul oraș de piatră R'lyeh și toate caracatițele cosmice, așa încât Cei Străvechi și-au recâștigat supremația pe planetă, cu excepția unicei temeri apăsătoare despre care nu le plăcea să vorbească. Destul de mult timp după aceea, orașele lor umpleau toate zonele terestre și acvatice ale globului – de unde și recomandarea din viitoarea mea monografie ca unii arheologi să efectueze sistematic foraje cu aparate de genul celui produs de Pabodie în anumite regiuni aflate la mare distanță unele de altele.

Direcția constantă de-a lungul secolelor a fost dinspre apă spre uscat, o mișcare încurajată de ridicarea noilor mase de pământ, deși oceanul nu a fost niciodată complet abandonat. O altă cauză a mișcării spre uscat a fost noua dificultate a înmulțirii și întreținerii shoggothilor, pe care se baza reușita vieții marine. Odată cu trecerea timpului, după cum depuneau tristă mărturie gravurile, arta creării de viață nouă din materie anorganică fusese pierdută, așa că Cei Străvechi au fost nevoiți să recurgă la modelarea formelor deja existente. Pe pământ, marile reptile s-au dovedit a fi deosebit de maleabile, dar shoggothii din mare, reproducându-se prin fisiune și dobândind accidental un grad periculos de inteligență, au reprezentat pentru o vreme o formidabilă problemă.

Fuseseră întotdeauna controlați de către Cei Străvechi prin sugestie hipnotică și își modelaseră plasticitatea rezistentă în diferite membre și organe temporare folositoare, dar acum puterile lor de automodelare erau exersate uneori independent și în varii forme imitative inculcate de sugestii trecute. Se pare că dezvoltaseră un creier semistabil, a cărui voință separată și uneori încăpățânată o reproducea pe aceea a Celor Străvechi fără a-i da mereu ascultare. Imaginile gravate ale acestor shoggothi ne umpleau, pe mine și pe Danforth, de groază și silă. Erau în mod normal entități amorfe, alcătuite dintr-un jeleu vâscos care semăna cu o aglutinare de bule. Când dobândea formă sferică, fiecare avea un diametru mediu de patru metri și jumătate. Cu toate acestea, aveau o formă și-un volum în continuă schimbare, dezvoltând apendice temporare sau formând aparente organe de văz, auz și vorbire, imitându-și stăpânii fie spontan, fie reacționând la sugestia hipnotică.

Par să fi devenit deosebit de refractari către mijlocul perioadei permiene, în urmă cu aproximativ 150 de milioane de ani, când un veritabil război de resubjugare a fost pornit împotriva lor de către Cei Străvechi din mare. Imagini din acest război și cu victimele descăpățânate și acoperite de mâzgă ale shoggothilor aveau un ton deosebit de înfiorător, în ciuda abisului necuprins de timp care ne despărțea de ele. Împotriva entităților rebele, Cei Străvechi făcuseră uz de arme ciudate, care produceau dislocare moleculară și atomică și, în cele din urmă, atinseseră victoria deplină. De aici încolo, gravurile înfățișau o perioadă în care shoggothii fuseseră îmblânziți și exploatați de către Cei Străvechi cu armele lor, precum caii sălbatici din Vestul American de către cowboy. Cu toate că în timpul rebeliunii shoggothii își dovediseră abilitatea de-a trăi în afara apei, această tranziție n-a fost încurajată, întrucât utilitatea lor pe uscat cu greu ar fi fost justificată de dificultatea întreținerii lor.

În timpul Jurasicului, Cei Străvechi s-au întâlnit cu un nou dușman, sub forma unei noi invazii din spațiul cosmic – de data aceasta, a unor creaturi jumătate fungi și jumătate crustacee, de pe o planetă identificabilă cu îndepărtata și recent descoperita Pluto, creaturi fără îndoială leit cu acelea prezente în anumite legende din nord și reținute în Himalaya sub numele de Mi-Go sau abominabilii Oameni ai Zăpezii. Pentru a se opune acestor ființe, Cei Străvechi au încercat, pentru prima oară de când aterizaseră pe Terra, să iasă înapoi în eterul planetar, dar, în ciuda tuturor preparativelor obișnuite, au descoperit că nu mai pot părăsi atmosfera Pământului. Oricare ar fi fost vechiul secret al călătoriei interstelare, acum era definitiv pierdut pentru rasa lor. În cele din urmă, Mi-Go i-au izgonit pe Cei Străvechi din toate pământurile nordice, chiar dacă n-au avut puterea să-i tulbure pe cei din mare. Puțin câte puțin, a început lenta retragere a străvechii rase către habitatul ei antarctic originar.

A fost curios de observat din bătăliile înfățișate că deopotrivă vlăstarele Cthulhu și Mi-Go par să fi fost compuse dintr-o materie mult diferită de aceea care știm că alcătuia substanța Celor Străvechi. Au reușit să treacă prin transformări și reintegrări imposibile adversarilor și par așadar să fi venit din zone și mai îndepărtate ale spațiului cosmic. Cei Străvechi, cu excepția rezistenței lor anormale și-a straniilor proprietăți vitale, erau strict materiali și trebuie să fi avut originea absolută în cunoscutul continuum spațiu-timp, în vreme ce primele surse ale celorlalte ființe pot fi doar intuite cu teamă și respirația tăiată. Toate acestea, categoric, presupunând că legăturile non-terestre și anomaliile atribuite vrăjmașilor invadatori nu sunt mitologie pură. Se prea poate ca Cei Străvechi să fi inventat un cadru cosmic pentru a-și explica ocazionalele înfrângeri, întrucât interesul istoric și mândria formau, evident, principalul lor element psihologic. Este semnificativ faptul că analele lor nu menționează multe rase avansate de ființe puternice ale căror culturi mărețe și orașe grandioase figurează frecvent în anumite legende obscure.

Starea schimbătoare a lumii de-a lungul întinselor perioade geologice apărea cu surprinzătoare însuflețire în multe dintre hărțile și scenele gravate. În unele cazuri, știința existentă va trebui revizuită, pe când în altele deducțiile ei îndrăznețe sunt magnific confirmate. Cum am spus, ipoteza lui Taylor, Wegener și Joly conform căreia toate continentele sunt fragmente ale unei mase originare de pământ antarctic care s-a fisurat din pricina forței centrifuge și a intrat în derivă, plutind peste un strat inferior presupus vâscos – o ipoteză sugerată de lucruri precum contururile complementare ale Africii și Americii de Sud, și de felul în care marile lanțuri muntoase se sumețesc, împinse în sus – primește o extraordinară susținere din această neașteptată sursă.

Hărțile care arătau, evident, lumea carboniferă din urmă cu o sută de milioane sau mai bine de ani prezentau fisuri și falii semnificative care, ulterior, aveau să separe Africa de întinderile cândva continue ale Europei (pe-atunci Valusia din legenda primordială), Asiei, Americilor și continentului antarctic. Alte grafice – și, cel mai însemnat, unul având legătură cu fondarea, în urmă cu cincizeci de milioane de ani, a vastului oraș mort din jurul nostru –

arătau toate continentele prezente bine diferențiate. Iar în cel mai recent specimen pe care-l descoperiserăm – datând poate din perioada pliocenă –, lumea aproximativă de astăzi apărea cât se poate de clar, în ciuda înlănțuirii dintre Alaska și Siberia, dintre America de Nord cu Europa prin intermediul Groenlandei și a Americii de Sud cu continentul antarctic prin Teritoriul Graham. Pe harta carboniferă, întregul glob – fundul oceanului și, totodată, masa de pământ fisurată – purtau simboluri ale vastelor orașe de piatră ale Celor Străvechi, dar în graficele mai recente treptata retragere spre Antarctica devenea foarte clară. Ultimul specimen din Pliocen nu afișa nici un oraș terestru altundeva decât pe continentul antarctic și în vârful Americii de Sud; la fel, nici un alt oraș oceanic la nord de paralela 50, latitudine sudică. Cunoștințele și interesul pentru lumea nordică, exceptând un studiu al liniilor de coastă efectuat probabil în timpul unor lungi zboruri de explorare, ajutați de acele aripi membranoase, ca niște evantaie, scăzuseră evident spre zero în rândul Celor Străvechi.

Distrugerea orașelor prin înălțarea munților, așezarea continentelor pe criteriu centrifug, prin mișcări seismice ale uscatului sau ale pământului de pe fundul mărilor și din alte cauze naturale a fost o chestiune larg consemnată, și am observat curioși cum tot mai puține așezări le-au luat locul cu trecerea timpului. Vastul megalopolis mort care se căsca în jurul nostru părea ultimul centru general al rasei, construit devreme în perioada cretacică, după ce un cutremur titanic ștersese de pe fața pământului o așezare urbană și mai vastă, aflată la mică distanță. Părea că regiunea aceea era locul cel mai sacru dintre toate, unde se credea că primii Străvechi se așezaseră pe fundul unei mări primordiale. În noul oraș – dintre ale cărui trăsături multe le puteam recunoaște în gravuri, dar care se întindea pe o distanță de peste 150 de kilometri de-a lungul lanțului muntos, în ambele direcții, dincolo de cel mai îndepărtat punct unde ajunseserăm în survolul nostru aerian – se credea că se păstraseră anumite lespezi sacre care formau o parte din primul oraș de pe fundul mării și care fuseseră scoase la lumină, după epoci lungi, în cursul procesului general de încrețire a straturilor pământului.

Capitolul 8

Bineînțeles că eu și Danforth am studiat cu deosebit interes și cu un straniu sentiment personal de prostrație tot ce aparținea zonei imediate în care ne găseam. Astfel de materiale locale existau, desigur, în număr foarte mare, iar la nivelul solului, în acel alambicat oraș, am avut norocul să găsim o casă dintr-un timp foarte vechi, ai cărei pereți, deși întru câtva afectați de falia învecinată, conțineau gravuri de-o măiestrie decadentă, prezentând povestea regiunii cu mult dincolo de perioada pliocenă descrisă de harta din care deduseserăm cele mai recente informații despre lumea preumană. Acesta a fost ultimul loc pe care l-am examinat amănunțit, întrucât ceea ce am găsit acolo ne-a dat imediat un nou obiectiv.

Fără îndoială, ne aflam într-unul dintre cele mai străine, bizare și teribile colțuri ale Pământului. Dintre toate ținuturile, acesta era cel mai vechi, iar noi eram din ce în ce mai convinși că acea hidoasă zonă trebuia într-adevăr să fie fabulosul platou coșmaresc Leng despre care până și smintitul autor al *Necronomiconului* se ferea să discute. Mărețul lanț muntos era extraordinar de lung – începând încă de jos, de la Peninsula Luitpold pe coasta Mării

Weddell și traversând de-a curmezișul tot continentul. Partea cu adevărat înaltă se întindea într-un arc măreț de la aproximativ 82 de grade latitudine, 60 de grade longitudine estică, la 70 de grade latitudine, 115 grade longitudine estică, cu latura concavă spre tabăra noastră și capătul dinspre mare în regiunea acelei coaste lungi, gâtuite de gheață, ale cărei dealuri fuseseră zărite de Wilkes și Mawson la Cercul Antarctic.

Totuși, exagerări și mai monstruoase ale naturii păreau tulburător de aproape. Am spus că aceste piscuri sunt mai înalte decât Himalaya, dar gravurile mă împiedică să spun că sunt cele mai înalte de pe pământ. Această cumplită onoare este fără îndoială rezervată pentru ceva ce jumătate dintre gravuri s-au ferit să consemneze, în vreme ce restul au abordat-o cu evidentă repulsie și îngrijorare. Se pare că a existat o parte a pământului străvechi – prima care s-a ridicat din ape după ce Luna se desprinsese din magma terestră și Cei Străvechi coborâseră din stele – care ajunsese să fie ocolită drept malefică într-un fel vag și teribil. Orașele clădite acolo se năruiseră înaintea timpului lor și fuseseră găsite deodată pustiite. Apoi, când primul mare cutremur zguduise regiunea, în perioada comanhiană, un șir înfricoșător de piscuri țâșnise deodată spre cer într-o larmă cumplită, provocând haos – și Pământul primise, astfel, cei mai teribili și semeți munți.

Dacă gravurile erau la scala potrivită, aceste lucruri hidoase trebuiau să aibă mult peste 12.000 de metri – simțitor mai mult chiar decât izbitorii munți ai nebuniei pe care îi traversaserăm. Se întindeau, aparent, de la aproximativ 77 de grade latitudine, 70 de grade longitudine estică, până la 70 de grade latitudine, 100 de grade longitudine estică – la mai puțin de 480 de kilometri distanță de orașul mort, așa încât le-am fi zărit culmile cumplite în zarea neclară, către vest, dacă n-ar fi fost pâcla aceea opalescentă. Extremitatea lor nordică trebuie să fi fost, de asemenea, vizibilă de la lunga linie de coastă a Cercului Antarctic, în dreptul Teritoriului Reginei Maria.

Unii dintre Cei Străvechi, în zilele decadenței, ridicaseră rugăciuni ciudate acelor munți, dar nici unul nu se apropiase vreodată de ei și nici nu cutezase să se gândească ce s-ar putea afla dincolo de ei. Nici un om nu dăduse vreodată cu ochii de ei și, în timp ce studiam sentimentele transmise prin gravuri, mă rugam ca nici unul să n-o facă vreodată. Există dealuri protectoare de-a lungul coastei dindărătul lor – Teritoriile Reginei Maria și ale Kaizerului Wilhelm – și mulțumesc cerului că nimeni n-a putut ateriza și escalada acele dealuri. Nu mai am același vechi scepticism pentru poveștile și temerile din vechime și nu mai râd acum la credința cioplitorilor preumani cum că fulgerul se oprea din când în când cu un scop la fiecare dintre crestele înnegurate și că o strălucire inexplicabilă se făcea văzută la una dintre acele teribile culmi, luminând toată noaptea polară cea lungă. S-ar putea să existe un sens foarte real și foarte monstruos în vechile vorbe pnakotice șușotite despre cetatea Kadath din Deșertul Rece.

Dar terenul din imediata apropiere nu era nici el mai puțin straniu, chiar dacă mai puțin cumplit afurisit. La scurt timp după întemeierea orașului, măretul lanț muntos a devenit leagănul principalelor temple și multe gravuri arătau ce turnuri grotești și fantastice străpungeau cerul acolo unde acum vedeam doar cuburile și bastioanele ciudat agățate. În decursul erelor, peșterile apăruseră și fuseseră modelate ca anexe ale templelor. Odată cu epocile mai recente, toate filoanele de calcar din regiune fuseseră golite de apele de adâncime, așa încât munții, colinele și câmpiile de mai jos erau o veritabilă rețea de caverne și galerii interconectate. Multe gravuri povesteau despre explorări în adâncuri și despre descoperirea finală a mării infernale care clipocea în măruntaiele pământului.

Acel imens hău întunecat fusese indubitabil săpat de marele râu care curgea din înfiorătorii munți de nedescris din vest și care înainte cotea la baza masivului Celor Străvechi și se vărsa pe lângă acel lanț în Oceanul Indian dintre Teritoriile Budd și Totten de pe coasta lui Wilkes. Puțin câte puțin, măcinase baza dealului de calcar acolo unde cotea, până când, în cele din urmă, curenții lui puternici ajunseseră la peșterile apelor subpământene și își unise forțele cu ele pentru a săpa un abis și mai adânc. Într-un final, se vărsase complet în colinele scobite și lăsase vechea matcă spre ocean să sece. Bună parte din orașul de mai târziu, așa cum îl găsiserăm noi, fusese construit în acea fostă albie. Cei Străvechi, înțelegând ce se întâmplase și exersându-și simțul artistic mereu ascuțit, modelaseră în piloni ornamentați acele capete de mal din coline, acolo unde marele râu își începea coborârea spre bezna eternă.

Râul acesta, odată traversat de zeci de nobile poduri de piatră, era evident cel al cărui curs secat îl văzuserăm în timpul survolului nostru. Poziția sa în diferitele gravuri din oraș ne-a ajutat să ne orientăm în peisaj așa cum fusese acesta în variile etape ale istoriei lungi de secole și moarte de eoni a regiunii, astfel încât am putut schița în grabă, dar atent, o hartă a trăsăturilor predominante - piețe, clădiri importante și altele asemenea - pentru a ne putea ghida în explorările viitoare. Am putut curând reconstrui mintal toată acea minunăție așa cum fusese cu un milion sau zece milioane sau cincizeci de milioane de ani în urmă, căci gravurile ne-au spus exact cum arătau pe-atunci clădirile și munții și piețele și mahalalele și peisajul în general, dar și vegetația luxuriantă din Terțiar. Trebuie să fi avut o frumusețe mistică, extraordinară și, gândindu-mă la asta, aproape am uitat de sentimentul cleios al apăsării sinistre cu care vârsta neomenească a orașului și masivitatea, moartea, izolarea și întunecimea lui glacială îmi îngreunaseră spiritul. Totuși, conform gravurilor, locuitorii acelui oraș cunoscuseră, la rândul lor, strânsoarea terorii opresive, căci exista o scenă mohorâtă și recurentă în care Cei Străvechi erau arătați ferindu-se speriați de un obiect - pe care imaginea nu-l cuprindea niciodată – găsit în marele râu, un obiect despre care înțelegeam că fusese adus de ape prin pădurile încâlcite de liane taman din munții aceia groaznici de la vest.

Abia într-o singură casă ridicată târziu și împodobită cu gravuri decadente am reușit să deslușim calamitatea finală care dusese la abandonarea orașului. Fără îndoială, trebuie să fi existat multe gravuri din aceeași perioadă în altă parte, chiar și ținând cont că vorbim despre o perioadă tulbure și grea, când energiile și aspirațiile se prăbușiseră; într-adevăr, la foarte scurt timp după aceea, am avut parte de dovezi cât se poate de sigure ale existenței acestora. Setul de față a fost însă primul și singurul pe care l-am întâlnit nemijlocit. Intenționam să ne continuăm investigațiile mai târziu, dar, așa cum am spus, condițiile imediate ne-au dictat alt obiectiv. Ar fi trebuit, totuși, să existe o limită – întrucât, după ce orice speranță a unei viitoare ocupări îndelungate a locului se risipise din gândurile Celor Străvechi, decorațiunile murale nu puteau decât să fie întrerupte complet. Lovitura finală, desigur, a fost venirea marelui frig care ținuse cândva aproape tot Pământul în gheare și care nu plecase niciodată de la năpăstuiții poli – marele frig care, la cealaltă extremitate a lumii, pusese capăt legendarelor ținuturi Lomar și Hiperboreea.

Când, mai exact, a început această tendință în Antarctica ar fi greu de spus, în termeni de ani. Astăzi stabilim începutul perioadelor glaciare, în general, la o distanță de aproximativ

500.000 de ani față de prezent, dar la poli teribila osândă trebuie să fi început mult mai devreme. Toate estimările cantitative sunt făcute parțial pe ghicite, dar este foarte probabil ca gravurile decadente să fi fost făcute în urmă cu mult mai puțin de un milion de ani și ca abandonul propriu-zis al orașului să se fi încheiat cu mult înainte de începutul convenit pentru Pleistocen – acum 500.000 de ani – luând în considerare întreaga suprafață a planetei.

În gravurile decadente erau pretutindeni semnele unei vegetații tot mai rare și ale unei precare vieți câmpenești din partea Celor Străvechi. În case erau înfățișate dispozitive de încălzire și călătorii pe timp de iarnă erau reprezentați înfășurați în materiale protectoare. Apoi am văzut o serie de cartușe (fâșia aceea continuă fiind întreruptă frecvent în aceste gravuri recente) prezentând o migrațiune tot mai puternică spre cele mai apropiate refugii mai călduroase – unii fugind în orașele din mare, în larg de coasta îndepărtată, iar alții coborând prin rețelele de peșteri de calcar din dealurile scobite spre abisul negru învecinat al apelor subterane.

În cele din urmă, se pare că genunea din apropiere a fost locul cel mai intens colonizat. Asta s-a datorat parțial, fără îndoială, sacralității tradiționale a acelei regiuni speciale, dar se poate ca factorul decisiv să fi fost de fapt avantajul pe care abisul îl oferea în continuarea utilizării marilor temple din munții străbătuți de peșteri și păstrarea întinsului oraș terestru ca loc de rezidență pe timpul verii și ca bază de comunicații cu diverse mine. Legătura dintre locuințele vechi și cele noi a fost eficientizată prin intermediul mai multor nivelări și îmbunătățiri ale rutelor conectoare, inclusiv săparea a numeroase tuneluri directe de la antica metropolă până la abisul întunecat – tuneluri abrupte ale căror guri le-am desenat cu luare-aminte, potrivit estimărilor noastre atente, pe harta pe care o realizam. Era evident că cel puțin două dintre aceste tuneluri se aflau la o distanță rezonabilă de unde ne găseam noi, putând fi explorate; ambele erau pe latura dinspre munte a orașului, unul la mai puțin de jumătate de kilometru în direcția străvechiului curs de apă și celălalt la o distanță, poate, dublă în direcția opusă.

Abisul părea că are în anumite locuri maluri de pământ uscat în care fuseseră săpate adăposturi, dar Cei Străvechi își clădiseră noul oraș sub apă – fără îndoială, datorită faptului că astfel căldura era distribuită uniform. Profunzimea mării tainice pare să fi fost foarte mare, astfel încât căldura internă a pământului asigura un mediu locuibil pentru o perioadă nedefinită. Ființele nu par să fi avut probleme de adaptare la traiul parțial – și, în cele din urmă, desigur, permanent – sub apă, întrucât nu permiseseră ca sistemul lor de branhii să se atrofieze. Existau multe gravuri care îi arătau făcând vizite frecvente rudelor submarine și înotând deseori pe fundul adânc al mărețului lor râu. Întunecimea din străfundul pământului nu putea nici ea să fie un factor inhibitor pentru o rasă obișnuită cu lungile nopți antarctice.

Deși erau executate într-un stil într-adevăr decadent, aceste gravuri recente aveau o calitate cu adevărat epică atunci când aminteau de ctitorirea noului oraș în marea din cavernă. Cei Străvechi abordaseră problema științific, extrăgând rocile insolubile din inima munților străbătuți de peșteri și aducând muncitori experimentați din cel mai apropiat oraș submarin pentru a executa construcția conform celor mai bune metode. Acești muncitori au adus cu ei tot ce era necesar pentru punerea pe picioare a noii așezări – țesut de shoggoth, din care să crească grupuri de cărăuși de pietre și, ulterior, animale de povară pentru orașul-cavernă și alte materii protoplasmice pe care să le modeleze în organisme fosforescente în scopul iluminării.

Până la urmă, pe fundul acelei mări infernale s-a ridicat o metropolă monumentală, arhitectura ei asemănându-se mult cu aceea a orașului de sus, însă calitatea execuției dovedea destul de puțină decadență datorită preciziei matematice inerente operațiunilor de zidire. Shoggothii proaspăt creați au atins dimensiuni enorme și au dobândit o inteligență deosebită, fiind reprezentați vorbind și executând ordine cu repeziciune exemplară. Păreau să converseze cu Cei Străvechi imitându-le vocile – un soi de fluierat muzical care atingea o gamă largă, asta dacă disecția bietului Lake ajunsese la concluzia corectă – și să lucreze mai mult la îndemnul comenzilor vocale decât la sugestiile hipnotice, ca în timpurile dinainte. Erau, totuși, ținuți sub control strict. Organismele fosforescente asigurau lumină cu mare eficiență, fără doar și poate compensând pierderea familiarelor aurore polare din noaptea lumii de la suprafață.

Arta și decorațiunile au fost cultivate, însă evident cu un anumit grad de degradare. Cei Străvechi păreau să priceapă că regresau și în multe cazuri au anticipat tactica lui Constantin cel Mare de a transmuta sub apă blocurile de piatră purtând gravuri antice din orașul de pe uscat, la fel cum împăratul, într-o similară epocă de declin, a spoliat Grecia și Asia de cele mai prețioase opere de artă pentru a da noii capitale bizantine splendori mai mari decât era capabil să creeze poporul său. Că transmutarea blocurilor gravate nu s-a realizat pe o scară mai amplă s-a datorat fără îndoială faptului că orașul terestru nu a fost, la început, complet părăsit. Pe când acest abandon s-a desăvârșit – și asta trebuie să se produs cu siguranță înainte ca Pleistocenul polar să fi avansat prea mult –, Cei Străvechi începuseră să fie mulțumiți, poate, de arta lor decadentă – sau încetaseră să recunoască meritul superior al vechilor gravuri. În orice caz, ruinele tăcute de eoni din jurul nostru nu suferiseră, evident, nici o golire de podoabe sculpturale, deși toate statuile, precum și alte obiecte mobile, fuseseră luate.

Cartușele decadente și panelurile care spuneau această poveste au fost, după cum am afirmat deja, ultimele pe care le-am putut găsi în căutarea noastră limitată. Ne-au lăsat o imagine a Celor Străvechi făcând naveta înainte și înapoi între orașul de pe uscat vara și cel din peștera scufundată iarna, iar uneori făcând negoț cu orașele de pe fundul mării din largul coastei Antarcticii. Pe-atunci, osânda finală a orașului terestru trebuie să fi fost recunoscută, căci gravurile prezentau multe semne ale efectelor maligne ale frigului. Vegetația era în scădere și teribilele zăpezi ale iernii nu se mai topeau complet nici în toiul verii. Turmele de saurieni crescuți în captivitate erau moarte aproape toate și nici mamiferele nu făceau față foarte bine. Pentru a continua munca în lumea supraterană, devenise necesară adaptarea la viața terestră a unora dintre shoggothii amorfi și în mod curios rezistenți la frig, un lucru la care Cei Străvechi fuseseră până atunci refractari. Mărețul râu era acum lipsit de viață și marea, aproape de suprafață, fusese depopulată aproape în întregime, cu excepția focilor și a balenelor. Toate păsările zburaseră departe, mai puțin unii dintre pinguinii mari, grotești.

Ce s-a întâmplat după aceea nu putem decât să ghicim. Oare cât timp supraviețuise noul oraș-cavernă? Era oare și acum acolo jos, un cadavru de piatră într-o beznă eternă? Înghețaseră până la urmă apele subterane? Ce soartă avuseseră orașele de pe fundul oceanului din lumea largă? Reușise vreunul dintre Cei Străvechi să fugă spre nord înaintea înghețului total? Studiile geologice existente nu scoseseră la lumină nici o urmă a prezenței lor.

Mai era oare înfiorătorul Mi-Go o amenințare în lumea nordului? Putea fi cineva sigur, chiar și în ziua de azi, de ceea ce se afla sau nu în stare latentă în abisurile insondabile și lipsite de lumină ale celor mai adânci ape de pe Terra? Acele ființe fuseseră aparent capabile să reziste la orice presiune, oricât de mare ar fi fost ea – iar marinarii au pescuit uneori, de-a lungul vremii, obiecte ciudate. Plus, reușise oare teoria balenei-ucigașe să explice urmele misterioase și sălbatice de pe focile antarctice observate în urmă cu o generație de către Borchgrevink?

Specimenele descoperite de bietul Lake nu făceau obiectul acestor speculații, întrucât amplasarea lor geologică demonstra că trăiseră la ceea ce trebuie să fi fost o dată foarte timpurie în istoria orașului terestru. Potrivit locului în care fuseseră găsite, aveau categoric mai puțin de treizeci de milioane de ani vechime, iar noi am dedus că, la timpul lor, orașul-cavernă și peștera însăși nici nu existaseră. Ar fi înfățișat o scenă mai veche, cu vegetație terțiară luxuriantă pretutindeni, un oraș terestru mai tânăr, unde arta era în floare și un mare fluviu curgea la nord de-a lungul poalelor mărețiior munți, spre un ocean îndepărtat, spre tropic.

Și totuși, nu ne puteam abține să nu ne gândim la aceste specimene – mai ales la cele opt perfect conservate care lipseau din tabăra devastată a lui Lake. Era ceva anormal în toată această poveste: ciudățeniile pe care ne străduiserăm din răsputeri să le punem pe seama nebuniei altcuiva, mormintele acelea înfiorătoare, cantitatea *și natura* materialelor dispărute, Gedney, duritatea nepământeană a acelor monstruozități arhaice și bizarele exemplare mutante despre care gravurile ne spuneau acum că existaseră în cadrul rasei... Eu și Danforth văzuserăm multe în ultimele câteva ore și eram pregătiți să credem și să păstrăm tăcerea asupra multor secrete îngrozitoare și incredibile aparținând naturii primordiale.

Capitolul 9

Am spus deja că studiul gravurilor decadente a dus la schimbarea obiectivului nostru imediat. Asta are legătură, desigur, cu bulevardele cioplite spre întunecata lume lăuntrică, de a cărei existență nu știuserăm înainte, dar pe care eram de-acum nerăbdători s-o găsim și s-o traversăm. Judecând după scara evidentă a gravurilor, am dedus că o coborâre abruptă la pas, cale de aproximativ un kilometru și jumătate prin oricare din tunelurile învecinate, ne va duce pe marginea amețitoarelor faleze neînsorite de deasupra mărețului abis; coborând pe cărările săpate de Cei Străvechi în peretele lui, aveam să ajungem la țărmul stâncos al unui ocean ascuns, noptatic. A cuprinde cu privirea acel fabulos hău în toată realitatea lui crudă era o ispită căreia se pare că ne-a fost imposibil să ne opunem, odată ce am prins vestea existenței sale. Totuși, înțelegeam că trebuie să începem călătoria de îndată, dacă voiam s-o îndeplinim în expediția de față.

Era deja 8 seara și nu aveam destule baterii de rezervă pentru a lăsa lanternele aprinse la nesfârșit. O parte atât de mare din studiu îl efectuaserăm sub nivelul gheții, încât rezerva de baterii se împuținase cu cel puțin cinci ore de utilizare continuă și, chiar dacă foloseau tehnica celulei uscate, nu aveau să ne mai ajungă decât încă patru ore – deși, continuând să folosim lanternele doar pe rând, excepție făcând locurile deosebit de interesante și dificile, puteam să le prelungim durata de viață. Nu voiam să rămânem fără lumină în acele catacombe ciclopice, așa că, pentru a coborî în abis, trebuia să abandonăm orice altă descifrare a scenelor murale. Sigur că aveam de gând să revenim în locul acela pentru alte zile sau poate săptămâni de studiu intens și ca să facem fotografii – curiozitatea biruise deja de mult groaza –, dar pentru moment trebuia să ne grăbim.

Rezerva noastră de bucăți de hârtie nu era nici ea nelimitată și n-am fi vrut să sacrificăm carnetele și hârtia pentru schițe suplimentară pentru a-i spori cantitatea; am renunțat, totuși, la un caiet mare. În cel mai rău caz, puteam înlocui hârtia cu pietricele – și sigur că ar fi fost posibil, chiar și în cazul că rătăceam de-adevăratelea calea, să urcăm la lumina zilei printr-unul dintre canale, dacă am fi avut timp destul pentru un traseu sinuos, predispus rutelor greșite. Așa că, în cele din urmă, am pornit încrezători în direcția celui mai apropiat tunel.

Potrivit gravurilor după care realizaserăm harta, gura tunelului vizat nu putea fi la o distanță mai mare de o jumătate de kilometru față de locul unde ne aflam noi; spațiul intermediar era presărat cu clădiri aparent solide, foarte probabil putând fi încă traversate la nivel subglacial. Deschiderea în sine trebuia să fie în subsolul – în unghiul cel mai apropiat colinelor – unei mari structuri în cinci colțuri, având o evidentă funcție publică și, poate, ceremonială, pe care încercaserăm s-o identificăm în timpul survolului pe deasupra ruinelor. Nici o asemenea structură nu ne-a venit în gând, rememorând zborul, drept care am conchis că părțile ei superioare fuseseră puternic avariate sau că fusese complet distrusă atunci când gheața se crăpase într-o falie din cele pe care le observaserăm. În acest caz, tunelul avea să se dovedească, poate, surpat și atunci ar fi trebuit să ne încercăm norocul cu următorul – cel aflat la mai mult de un kilometru și jumătate spre nord. Cursul râului care ni se punea în cale ne împiedica să încercăm, în cadrul acestei expediții, vreunul dintre celelalte tuneluri sudice; plus că, dacă într-adevăr cele din apropiere erau surpate, era puțin probabil ca bateriile să ne țină pentru a ne încerca norocul și cu următorul tunel de la nord – aflat cam la încă un kilometru și jumătate dincolo de cea de-a doua variantă pe care o luam în calcul.

În timp ce ne croiam drum prin labirint cu ajutorul hărții și al busolei – traversând încăperi și coridoare în toate stadiile de degradare sau conservare, urcând rampe, străbătând etaje superioare și poduri, după care coborând înapoi, întâlnind intrări astupate și mormane de moloz, grăbindu-ne iar și iar de-a lungul porțiunilor bine păstrate și incredibil de curate, câștigând un fals avans și călcându-ne singuri pe urme (în aceste cazuri, înlăturând bucățile inutile de hârtie pe care le lăsaserăm în urmă) și din când în când dând de fundul unui puț deschis prin care lumina zilei se revărsa sau se prefira –, am fost în repetate rânduri ispitiți de pereții gravați întâlniți în drum. Mulți trebuie să fi spus povești de-o imensă importanță istorică și doar perspectiva unor vizite ulterioare ne dădea forța de-a trece mai departe. Astfel, din când în când doar încetineam pasul și aprindeam a doua lanternă. Dacă am fi avut mai multă peliculă, ne-am fi oprit cu siguranță puțin ca să fotografiem anumite basoreliefuri, însă copierea lor de mână, prin timpul lung pe care l-ar fi necesitat, ieșea din discuție.

Ajung acum din nou într-un loc unde tentația de-a pregeta sau de-a face aluzie în loc să afirm ritos este foarte puternică. E necesar, totuși, să dezvălui restul pentru a-mi justifica decizia de-a descuraja o nouă explorare. Reușiserăm să ajungem, anevoie, foarte aproape de locul estimat al gurii tunelului – după ce traversaserăm un pod aflat la al doilea nivel spre ceea ce părea a fi pur și simplu vârful unui zid ascuțit și coborâserăm spre un coridor distrus plin cu o mulțime de gravuri elaborate și aparent rituale, aparținând unui timp recent –, când, chiar înainte de 8:30 seara, nările tinere și fine ale lui Danforth ne-au semnalat prima dată prezența unui lucru neobișnuit. Dacă am fi avut un câine cu noi, presupun că am fi fost avertizați din vreme. La început nu am putut spune cu precizie ce era nelalocul lui în aerul până atunci perfect curat, dar, după câteva secunde, memoria noastră a reacționat prompt. Îngăduiți-mi să încerc să vă spun despre ce era vorba fără să tresar. Se simțea un iz – și acel iz se asemăna vag, subtil și inconfundabil cu ceea ce ne îngrețoșase când deschiseserăm cumplitul mormânt al monstrului pe care bietul Lake îl disecase.

Sigur că revelația n-a fost atât de evidentă atunci cum sună acum. Existau mai multe explicații posibile, pe care le-am discutat în șoaptă, indeciși. Cel mai important e că n-am dat înapoi fără să investigăm; dacă ajunseserăm până acolo, nimic nu ne putea face să abandonăm, decât poate dezastrul sigur. În orice caz, ceea ce trebuie să fi bănuit era mult prea ieșit din comun ca să putem crede. Astfel de lucruri nu se întâmplau în nici o lume normală. Probabil că doar instinctul irațional ne-a făcut să reducem lumina singurei lanterne aprinse – nemaifiind tentați de gravurile sinistre și decadente care se zgâiau amenințătoare de pe pereții apăsători – și doar el ne-a încetinit înaintarea, ajungând să pășim pe vârfuri, aproape târându-ne pe podeaua tot mai aglomerată de maldărele de moloz.

Nu doar nasul, ci și ochii lui Danforth s-au dovedit mai buni decât ai mei, căci tot el a fost cel care a observat primul bizarul aspect al molozului după ce trecuserăm pe lângă multe bolți pe jumătate înfundate, ducând în camere și coridoare la nivelul de la parter. Nu arăta chiar așa cum ar fi trebuit după nenumărate mii de ani de abandon, iar când, precauți, am aprins mai multă lumină, am observat că mormanele fuseseră deranjate recent, arătând ca pământul întors în brazdă. Nu se vedea nici un semn clar în moloz, însă în părțile mai netede puteai zări urme de obiecte grele târâte. Într-un rând, ni s-a părut că vedem niște semne paralele, ca de tălpici. Asta ne-a făcut să ne oprim din nou.

În timpul acelei pauze am simțit – amândoi deodată acum – celălalt iz venind din față. Paradoxal, era unul deopotrivă mai puțin groaznic și mult mai groaznic – mai puțin înspăimântător în sine, dar infinit mai respingător în locul acela, în împrejurările de atunci... doar dacă, desigur, Gedney... Asta întrucât izul era acela simplu și familiar de carburant normal, banala benzină.

Motivația noastră de după aceea o voi lăsa în seama psihologilor. Știam acum că o continuare teribilă a ororilor din tabără trebuie să se fi târât în acel sumbru loc de îngropăciune a secolelor, deci nu ne mai puteam îndoi de existența unor condiții abominabile – prezente sau cel puțin recente – în fața noastră. Totuși, până la urmă, ne-am lăsat pradă curiozității, sau nerăbdării, sau autohipnotismului, sau gândurilor vagi de responsabilitate pentru Gedney, sau cine știe ce altceva. Danforth mi-a șoptit din nou ceva despre urma pe care i se păruse că o vede în ruinele de sus și despre fluieratul muzical abia perceptibil – posibil de o importanță extraordinară în lumina raportului de disecție al lui Lake, în pofida asemănării cu tânguitul vântului în gura peșterilor de la mare înălțime – pe care crezuse că-l aude la scurt timp după aceea de la adâncimi necunoscute. Eu, la rândul meu, i-am șoptit despre modul în care tabăra fusese abandonată – despre ce dispăruse și despre cum nebunia unui singur supraviețuitor ar fi putut realiza irealizabilul – străbaterea neverosimilă a munților monstruoși și coborârea în orașul primordial...

Cu toate astea, nu ne-am putut convinge reciproc, și nici măcar pe noi înșine, de nimic categoric. Stinseserăm orice sursă de lumină și stăteam nemișcați; am observat atunci vag că o dâră de lumină a zilei cobora leneșă, ținând bezna absolută la distanță. După ce am pornit în față din instinct, ne-am ghidat aprinzând lanterna pentru scurte perioade de timp. Urmele din moloz lăsaseră asupra noastră o impresie de care nu ne puteam dezbăra și mirosul de benzină era tot mai puternic. Ochii ne cădeau pe tot mai multe ruine și picioarele ni se împiedicau în ele, până când, foarte repede, am văzut că drumul urma să se închidă. Avuseserăm într-adevăr dreptate, din păcate, cu privire la fisura aceea pe care o zăriserăm din aer. Călătoream orbește prin tunel și nici măcar nu aveam să ajungem la subsolul din care se deschidea intrarea în abis.

Lanterna, scăpărând peste pereții grotești ai coridorului blocat în care ne găseam, a descoperit mai multe intrări blocate în grade diferite, iar din una dintre ele mirosul de benzină – acoperind aproape complet celălalt iz foarte vag – venea cu forțe deosebit sporite. În timp ce priveam mai atent, am văzut fără umbră de îndoială că molozul din acea intrare fusese înlăturat recent pe o porțiune mică.

Orice ar fi fost oroarea aceea amenințătoare, ne-am dat seama că drumul direct către ea era acum evident. Nu cred că se va mira cineva că am așteptat un timp apreciabil înainte de-a mai face o mișcare.

Totuși, când ne-am aventurat într-un târziu în interiorul acelei arcade întunecate, prima noastră impresie a fost una de anticlimax. Întrucât în mijlocul spațiului mizer al acelei cripte gravate – un cub perfect cu laturile de aproximativ șase metri – nu rămăsese nici un obiect suficient de mare cât să-l remarcăm; așa se face că am căutat instinctiv, dar zadarnic, altă intrare. Peste o clipă, însă, vederea ageră a lui Danforth a depistat un loc unde sfărâmăturile de pe jos fuseseră mișcate, și atunci am aprins amândoi lanternele. Deși ce am văzut la lumină era cât se poate de simplu și banal, mă feresc să vorbesc despre asta din pricina faptului pe care-l sugera. Era o porțiune relativ uniform nivelată de dărâmături, unde mai multe obiecte mici zăceau împrăștiate fără noimă, iar într-un colț al acelui spațiu trebuie să se fi vărsat o cantitate considerabilă de benzină, destul de recent ca să lase un miros puternic chiar și la acea altitudine extremă a superplatoului. Cu alte cuvinte, nu putea fi altceva decât un soi de tabără – o tabără ridicată de ființe care, la fel ca noi, fuseseră întoarse din drum de neașteptata intrare blocată în abis.

Dați-mi voie să fiu cât mai explicit. Obiectele împrăștiate erau, măcar în ceea ce privește natura lor, toate din tabăra lui Lake și constau din conserve desfăcute la fel de ciudat ca acelea pe care le văzuserăm în tabăra devastată, multe chibrituri arse, trei cărți ilustrate mai mult sau mai puțin bizar murdărite, o călimară goală și cutia ei de carton ilustrată și imprimată cu instrucțiunile de utilizare, un stilou spart, câteva bucăți rupte de blană și pânză de cort, o baterie electrică folosită, un pliant care însoțea genul nostru de încălzitor pentru cort și o mulțime de hârtii mototolite. Totul părea îndeajuns de grav, dar când am netezit câteva foi de hârtie și ne-am uitat la ce era scris pe ele, am simțit că am dat peste ce era mai rău. Găsiserăm în tabără câteva hârtii inexplicabil mâzgălite care ne-ar fi putut pregăti pentru asta, dar efectul imaginii de acolo, jos în criptele preumane ale unui oraș coșmaresc, a fost aproape prea greu de suportat.

Un Gedney nebun ar fi putut face grupurile de puncte imitându-le pe cele de pe saponitul verde, la fel cum se putea să fi fost făcute și acele aiuritoare morminte în cinci colțuri; și era posibil să fi pregătit în grabă schițe stângace – variind ca grad al exactității ori al lipsei sale – care descriau părțile învecinate ale orașului și urmăreau drumul de la un loc circular aflat în afara rutei noastre de până acum – un loc pe care l-am identificat în gravuri ca pe un mare turn cilindric și în timpul survolului ca pe un vast abis rotund –, până la această structură în cinci colțuri și gura ei tunel.

Repet că este posibil să fi pregătit astfel de schițe, întrucât acelea erau executate, așa cum erau și ale noastre, după gravuri recente aflate undeva în labirintul de gheață, chiar dacă nu după cele pe care le văzuserăm și le folosiserăm noi. Totuși, ceea ce acel afon într-ale artei n-ar fi putut face vreodată era să execute schițele acelea într-o tehnică ciudată și sigură, poate superioară, în ciuda grabei și a neglijenței, oricăror dintre gravurile decadente din care se inspiraseră – tehnica inconfundabilă și caracteristică a Celor Străvechi în perioada de glorie a orașului lor mort.

Unii vor spune că eu și Danforth am dat dovadă de nebunie curată fiindcă nu ne-am luat picioarele la spinare după ce am văzut asta, întrucât concluziile noastre erau de-acum – în ciuda smintelii lor – complet clare și de o natură pe care nici nu e nevoie să o amintesc celor care mi-au citit cuvintele de până aici. Poate că eram nebuni – nu am spus doar că piscurile acelea oribile erau munți ai nebuniei? Dar cred că intuiesc ceva din același spirit – chiar dacă într-o formă nu la fel de extremă – la oamenii care pândesc animale periculoase prin junglele africane ca să le fotografieze sau ca să le studieze obiceiurile. Chiar și așa semiparalizați de groază cum eram, în noi se aprinsese o puternică flacără de înfiorare și curiozitate, care, până la urmă, a triumfat.

Sigur că nu aveam de gând să dăm piept cu ființa – sau ființele – despre care știam că fuseseră acolo, însă simțeam că trebuie să fi plecat deja. Probabil că descoperiseră deja cealaltă intrare în abis și pătrunseseră în acel trecut negru ca noaptea care îi aștepta, probabil, înăuntrul abisului total – acel abis pe care ei nu-l văzuseră niciodată. Sau, dacă și acea intrare era blocată, probabil vor fi plecat spre nord în căutarea alteia. Așa cum ne aduceam aminte, ființele acestea aveau o autonomie parțială de lumină.

Privind înapoi spre acel moment, abia îmi mai amintesc ce formă luaseră noile noastre sentimente – ce însemnase acea schimbare a obiectivului imediat care ne ascuțise atât de tare nerăbdarea. Cu siguranță nu intenționam să ne confruntăm cu ceea ce ne inspira teamă – și totuși nu voi nega faptul că s-ar putea să fi avut o dorință latentă, inconștientă de-a observa anumite lucruri dintr-un unghi ferit, avantajos. Probabil nu renunțaserăm la ambiția de-a zări abisul însuși, deși între noi și acesta se interpunea acum un nou țel, sub forma acelui mare loc circular înfățișat pe schițele mototolite pe care le găsiserăm. Îl recunoscuseră pe dată drept un monstruos turn cilindric prezentat în cele mai vechi gravuri, dar apărând de sus doar ca o mare apertură rotundă. Ceva din grandoarea imaginii sale, chiar și numai în acele schițe grăbite, ne-a făcut să ne gândim că nivelurile lui subglaciale probabil păstrau și acum o importanță deosebită. Poate reprezenta minuni arhitecturale încă nemaiîntâlnite de noi. Avea fără îndoială o vârstă incredibilă, potrivit gravurilor în care era prezentat – fiind într-adevăr printre primele construcții din oraș. Gravurile din interiorul său, dacă se păstraseră, nu puteau fi decât de cea mai mare însemnătate. Mai mult decât atât, putea reprezenta o bună legătură cu lumea superioară – o rută mai scurtă decât aceea pe care o urmăream noi cu atâta greutate și probabil aceea pe care o luaseră, coborând, celelalte ființe.

În orice caz, am studiat teribilele schițe – care le confirmau cât se poate de precis pe ale noastre – și am pornit înapoi în direcția indicată, spre locul circular, traseul pe care cumpliții noștri înaintași îl traversaseră probabil de două ori înaintea noastră. Dincolo de el trebuia să se afle cealaltă poartă apropiată de intrarea în abis. Nu e nevoie să vorbesc despre drumul nostru – în timpul căruia am continuat să lăsăm, parcimonios, o dâră de hârtie – căci a fost exact la fel cu cel care ne adusese la fundătură; diferit era doar faptul că avea tendința de-a rămâne mai des aproape de nivelul solului și chiar să coboare spre coridoarele de la subsol. Din când în când, observam unele urme tulburătoare în molozul de pe jos, iar după ce am lăsat izul de benzină în urmă, am devenit din nou vag conștienți – convulsiv – de mirosul acela mai scârbos și mai persistent. După ce drumul se despărțise de fostul nostru traseu, am aprins în câteva rânduri o lanternă și am îndreptat-o spre pereți, observând de fiecare dată omniprezența gravurilor, care păreau a reprezenta, într-adevăr, forma principală de expresie artistică a Celor Străvechi.

În jurul orei 9:30, pe când traversam un coridor boltit a cărui podea acoperită de tot mai multă gheață părea a fi întru câtva sub nivelul solului și al cărui tavan cobora pe măsură ce înaintam, am început să vedem lumina puternică a zilei în față și am putut stinge lanterna. Se părea că ne apropiem de vastul loc circular și că distanța până la suprafață nu putea fi foarte mare. Coridorul se sfârșea într-o arcadă surprinzător de joasă pentru ruinele acelea megalitice, însă am putut vedea bine prin ea încă înainte să o străbatem. De cealaltă parte se întindea un spațiu rotund amplu – de 60 de metri în diametru – presărat cu moloz și conținând multe alei înfundate corespunzând celei pe care eram pe cale s-o parcurgem. Pereții erau – acolo unde-i puteam zări – îndrăzneț gravați într-o bandă spiralată de proporții eroice și afișa, în ciuda erodării naturale cauzate de deschiderea locului, o splendoare artistică mult deasupra a tot ce întâlniserăm până atunci. Podeaua murdară era acoperită de un strat gros de gheață și ne închipuiam că adevăratul fund se afla la o adâncime considerabilă.

Cel mai frapant obiect de acolo era, însă, uriașa rampă de piatră care, ocolind arcada printr-un cot brusc spre exterior, dând în spațiul deschis, urca în spirală pe extraordinarul perete cilindric aidoma unei replici interioare a celor care odinioară urcaseră pe exteriorul turnurilor și ziguratelor monstruoase din anticul Babilon. Numai rapiditatea zborului nostru și perspectiva care confundase coborârea cu zidul interior al turnului ne împiedicaseră să observăm această clădire din aer și astfel ne făcuseră să căutăm altă intrare în nivelul subglacial. Poate că Pabodie și-ar fi putut da seama ce soi de artificiu ingineresc ținea construcția laolaltă, însă eu și Danforth n-am putut face altceva decât să o admirăm și să ne minunăm de ea. Vedeam brâuri mari de piatră și piloni ici și colo, dar ceea ce observam părea nepotrivit funcției îndeplinite. Totul era extrem de bine conservat până în vârful turnului – ceva absolut remarcabil, ținând cont de faptul că era expus – și poziția ferită ajutase mult la protejarea bizarelor și tulburătoarelor gravuri cosmice de pe pereți.

Când a pășit în incredibila semilumină a acelui monstruos fund de cilindru – vechi de cincizeci de milioane de ani și fără îndoială cea mai veche structură primordială de care dăduserăm cu ochii – am văzut că pereții străbătuți de rampă se ridicau la o înălțime amețitoare de nu mai puțin de 18 metri. Asta, ne aminteam din survolul nostru, însemna o glaciație exterioară de cam 12 metri, întrucât hăul căscat pe care îl văzuserăm din avion se aflase pe coama unei movile înalte de aproximativ 6 metri de zidărie prăbușită, adăpostită întru câtva pe trei pătrimi din circumferință de masivii pereți curbați ai unui cordon de ruine mai înalte. Conform gravurilor, turnul original se aflase în centrul unei imense piețe circulare și avusese o înălțime de poate 150 sau 180 de metri, cu rânduri de discuri orizontale aproape de vârf și un șir de turnuri ascuțite de-a lungul marginii de sus. Cea mai mare parte din zidărie căzuse în exterior, evident, mai mult decât în interior – lucru fericit, căci altfel rampa ar fi fost distrusă și interiorul astupat complet. Așa, rampa, deși nu era într-o stare foarte bună, exista totuși, iar molozul care gâtuia toate arcadele de pe fund părea să fi fost recent înlăturat parțial.

Am avut nevoie doar de o clipă ca să conchidem că aceasta e într-adevăr ruta pe unde coborâseră și Ceilalți și că aceasta va fi varianta logică pe unde să urcăm, abandonând lungul șir de hârtiuțe lăsate în urmă, pe alt traseu. Gura tunelului nu era mai departe de coline și de avionul care ne aștepta decât era marea clădire terasată pe unde intraserăm, și orice altă explorare subglacială am mai fi întreprins în cursul acelei expediții avea să fie realizată în regiunea aceea. În mod ciudat, încă ne gândeam la posibile explorări ulterioare – chiar și după câte văzuserăm și intuiserăm. Apoi, pe când ne croiam încet drum peste molozurile de pe podeaua întinsă, am văzut ceva care, pe moment, ne-a confiscat total atenția.

Era vorba de trei sănii grupate ordonat în cel mai îndepărtat colț din zona cea mai de jos și ieșită în afară a rampei, care până atunci ne fusese ascuns vederii. Acolo erau: cele trei sănii care lipseau din tabăra lui Lake, purtând urmele uzurii intense care trebuie să fi rezultat din târârea forțată de-a lungul întinderilor vaste de dărâmături neacoperite de zăpadă, dar și din transportarea pe brațe acolo unde chiar nu se putea trece altfel. Erau echipate și legate atent și inteligent, și conțineau lucrurile cunoscute nouă – primusul, canistrele cu combustibil, cutiile cu instrumente, conservele, prelatele evident doldora de cărți, iar unele pline de ceva mai puțin evident – totul provenind din echipamentul lui Lake.

După ce găsiserăm în cealaltă încăpere, eram întru câtva pregătiți pentru această descoperire. Șocul cu adevărat puternic a venit când ne-am apropiat și am desfăcut una dintre prelatele ale cărei contururi ne îngrijoraseră în mod deosebit. Se pare că nu numai Lake fusese interesat să colecteze specimene, căci iată două chiar aici, ambele înghețate bocnă, perfect conservate, cârpite cu ipsos la gât, acolo unde aveau câteva răni, și înfășurate cu mare grijă ca să nu aibă mai mult de suferit. Erau cadavrele tânărului Gedney și-al câinelui dispărut.

Capitolul 10

Mulți oameni ne vor socoti nu doar smintiți, ci și insensibili fiindcă ne-am gândit la tunelul dinspre nord și la abis la atât de scurt timp după această sumbră descoperire, și nu sunt pregătit să spun că nu am fi recurs imediat la aceste gânduri dacă nu ne-ar fi luat ceva prin surprindere, făcându-ne să ne întoarcem atenția spre un nou șir de speculații. Puseserăm prelata înapoi peste bietul Gedney și rămăseserăm căzuți într-un fel de buimăceală mută, când sunetele au ajuns în cele din urmă la cunoștința noastră – primele sunete pe care le auzeam de când coborâserăm de la suprafață, unde vântul șuiera ușor printre culmile nepământene ale muntelui. Așa bine cunoscute și comune cum erau, prezența lor în acea izolată lume a morții era mai neașteptată și mai tulburătoare decât ar fi putut fi orice tonuri grotești sau fabuloase, așa încât ne-au tulburat încă o dată toate ideile despre armonia cosmică.

Dacă ar fi fost vreo urmă de acel fluierat muzical bizar într-o gamă largă la care raportul de disecție al lui Lake ne făcuse să ne așteptăm din partea Celorlalți – și pe care, adevărat, imaginația noastră încordată îl auzise în fiecare urlet al vântului de când däduserăm peste oroarea din tabără –, ar fi fost într-un soi de acord infernal cu regiunea moartă de secole din jurul nostru. O voce din alte epoci își are locul într-un cimitir al altor epoci. Așa însă, sunetul ne-a spulberat toate preconcepțiile adânc înrădăcinate, toate ideile tacit acceptate despre adâncul Antarcticii drept pustiu din care orice vestigiu al vieții normale lipsea cu desăvârșire. Ce am auzit nu era nota fabuloasă a vreunei blasfemii îngropate într-un pământ străvechi a cărei duritate supranaturală fusese înmuiată monstruos, după secole, de soarele polar. În schimb, era ceva atât de sfidător de normal și de familiar, datorită zilelor petrecute pe mare în largul Teritoriului Victoria și în tabăra de pe Strâmtoarea McMurdo, încât ne cutremuram la gândul că era acolo, unde astfel de ființe nu aveau ce să caute. Pe scurt, era pur și simplu țipătul răgușit al unui pinguin.

Sunetul înfundat venea din spațiile subglaciale aproape opuse coridorului din care veniserăm noi – zone aflate evident în direcția celuilalt tunel către vastul abis. Prezența unei păsări de apă vie într-o asemenea direcție – într-o lume a cărei suprafață era caracterizată uniform, de epoci întregi, de absența vieții – putea duce la o singură concluzie; de aici și primul nostru gând, să verificăm realitatea obiectivă a sunetului. Și, într-adevăr, s-a repetat; părea uneori să iasă nu doar dintr-un singur gâtlej. Căutându-i sursa, am trecut pe sub arcadă din care fusese înlăturat mult moloz, reluându-ne marcarea drumului cu bucăți de hârtie – după ce ne suplimentaserăm rezerva, fără tragere de inimă, din proviziile învelite cu prelată pe una dintre sănii – și am lăsat lumina zilei în urmă.

Pe măsură ce podeaua înghețată a făcut loc unui amestec de grohotiș, am deslușit clar câteva dâre ciudate și, într-un rând, Danforth a găsit o urmă precisă, a cărei descriere ar fi inutil de redat. Direcția indicată de țipetele pinguinului era exact cea pe care harta și busola noastră o arătau a fi calea către gura tunelului de la nord, și ne-am bucurat să descoperim că un pasaj fără poduri la nivelul solului și al subsolului părea deschis. Tunelul, potrivit schiței, trebuia să înceapă din subsolul unei mari structuri piramidale pe care ne-o aminteam vag din timpul survolului ca fiind remarcabil de bine conservată. De-a lungul drumului, lanterna a scos la iveală obișnuita bogăție de gravuri, însă nu ne-am oprit să examinăm vreuna.

Deodată, o siluetă mare și albă s-a profilat în fața noastră și atunci am aprins și a doua lanternă. E ciudat cum această nouă explorare ne deturnase atenția de la temerile dinainte cu privire la ce ne putea pândi în apropiere. Ceilalți, după ce-și lăsaseră proviziile în marele spațiu circular, trebuie să fi avut de gând să se întoarcă după drumul spre sau înăuntrul abisului; totuși, noi abandonaserăm de acum orice precauție în privința lor, ca și când nici n-ar fi existat. Ființa aceea albă și mătăhăloasă era înaltă de 1,8 metri și totuși am înțeles imediat că nu era unul dintre Ceilalți. Ei erau mai mari și închiși la culoare și, potrivit gravurilor, se mișcau pe pământ cu agerime, siguri de sine, în ciuda faptului că erau dotați din naștere cu tentacule pentru deplasarea în apă. Dar a spune că vietatea albă nu ne-a înspăimântat profund ar fi o minciună. Am fost într-adevăr copleșiți, preț de o clipă, de o spaimă primitivă aproape mai puternică decât cele mai cumplite dintre fricile noastre raționale cu privire la Ceilalți. Apoi, dintr-o singură mișcare fulgerătoare, neașteptată, silueta albă s-a retras într-o arcadă laterală, în stânga noastră, alăturându-se altor doi din neamul ei care o chemaseră pe tonuri aspre. Căci nu era decât un pinguin – chit că era un exemplar dintr-o specie uriașă, necunoscută, mai mare decât pinguinii regali consemnați biologic, și monstruos în combinația de albinism și aparenta lipsă a ochilor de care suferea.

Când am urmărit ființa în arcadă și am îndreptat ambele lanterne asupra grupului indiferent și pasiv al celor trei, am văzut că erau toți albinoși fără ochi, aparținând aceleași specii gigantice și necunoscute. Dimensiunea lor ne amintea de unii pinguini arhaici prezentați de gravurile Celor Străvechi și nu ne-a luat mult să conchidem că descindeau din aceeași specie – fără îndoială supraviețuind grație retragerii într-o regiune subpământeană mai călduroasă, a cărei întunecimi perpetue le distrusese pigmentația și le atrofiase ochii, transformându-i în simple crestături inutile. De faptul că habitatul lor actual era vastul abis căutat de noi nu ne-am îndoit nici măcar o clipă, iar această dovadă că acea văgăună continuase să fie locuibilă, grație căldurii, ne umplea de cele mai curioase și ușor îngrijorătoare închipuiri.

Ne-am întrebat, de asemenea, ce le făcuse pe cele trei păsări să își abandoneze arealul obișnuit. Starea și tăcerea mărețului oraș mort ne indicau clar că nu fusese vreodată un loc obișnuit pentru colonia păsărilor, în vreme ce indiferența manifestă a trioului la prezența noastră făcea să pară ciudată ideea că i-ar fi speriat vreun grup al Celorlalți aflat în trecere. Era oare posibil ca Ceilalți să fi comis vreo acțiune agresivă sau să fi încercat să-și sporească provizia de hrană? Ne îndoiam că izul acela înțepător pe care câinii îl urau ar fi putut provoca o reacție la fel de puternică din partea pinguinilor, întrucât strămoșii lor se înțeleseseră excelent cu Cei Străvechi – o relație de amiciție care trebuia să se fi continuat în abisul de sub gheață atâta timp cât existaseră Cei Străvechi. Regretând – într-o scăpărare a vechiului spirit al științei pure – că nu puteam fotografia creaturile acelea anormale, le-am lăsat curând să-și vadă de cârâit și ne-am continuat anevoiosul drum spre abisul a cărui deschidere ne era de-acum atât de clar dovedită și a cărui direcție exactă ne-o indicau urmele lăsate de pinguini din loc în loc.

Nu mult după aceea, o coborâre abruptă printr-un coridor lung, scund, fără uși și ciudat de lipsit de gravuri ne-a făcut să credem că ne apropiam în sfârșit de gura tunelului. Trecuserăm de alți doi pinguini și am auzit alții imediat înainte. Apoi, coridorul s-a sfârșit într-un spațiu deschis și larg care ne-a făcut să icnim fără să vrem – o emisferă perfectă, răsturnată, evident adânc îngropată, cu diametru de 30 de metri și înaltă de 15, cu arcade joase deschizându-se în toate părțile circumferinței, mai puțin una, care se căsca boltit și negru, întrerupând simetria bolții pe o înălțime de aproape 4,5 metri. Era intrarea în marele abis.

În acea vastă emisferă, al cărei acoperiș concav era impresionant, deși decadent gravat în așa fel încât să semene cu domnul celest primordial, șontâcăiau câțiva pinguini albinoși – străini acolo, dar indiferenți și orbi. Tunelul negru se deschidea pe o distanță necunoscută, într-o pantă abruptă, având deschizătura decorată cu glafuri și lintouri grotesc dăltuite. Din acea gură criptică ni s-a părut că ieșea un curent de aer puțin mai cald și poate chiar vapori, și ne-am întrebat ce entități vii, în afara pinguinilor, puteau ascunde hăul fără fund și tunelurile care brăzdau zona și munții titanici. Ne-am întrebat, totodată, dacă dâra fumului din vârful muntelui, zărită mai întâi de bietul Lake, la fel ca bizara pâclă pe care noi înșine o văzuserăm în jurul crestei încununate de creneluri, nu putea fi provocată de expulzia prin canale sinuoase a unor astfel de vapori din regiunile insondabile ale miezului Terrei.

Intrând în tunel, am văzut că avea, cel puțin la început, câte 4,5 metri în fiecare direcție; pereții, podeaua și tavanul boltit erau compuse din obișnuita zidărie monolitică. Pereții erau decorați din loc în loc cu cartușe conținând desene convenționale în stil recent, decadent, iar toate elementele de construcție și gravurile erau conservate într-un chip minunat. Podeaua era destul de curată, presărată doar de o pulbere fină în care erau imprimate urmele pinguinilor venind și ale Celorlalți plecând. Cu cât avansam mai mult, cu atât se făcea mai cald, așa încât am ajuns curând să ne descheiem la hainele grele. Ne-am întrebat dacă mai jos nu existau de fapt și flăcări și dacă apele acelei mări lipsite de soare nu erau calde. După o scurtă distanță, zidăria a lăsat locul rocii solide, deși tunelul și-a păstrat dimensiunile și prezenta același aspect de regularitate cioplită. Uneori, înclinația devenea atât de abruptă, încât în podea fuseseră săpate trepte. De mai multe ori am observat gurile unor galerii laterale mici, inexistente pe desenele noastre; nici una nu ar fi putut, totuși, să ne îngreuneze întoarcerea și toate puteau servi ca posibil refugiu în caz că întâlneam entități nedorite întorcându-se din abis. Mirosul îngrozitor al acelor ființe era foarte clar. Fără îndoială, era o nebunie sinucigașă să te aventurezi în acel tunel în asemenea condiții, dar atracția necunoscutului este mai puternică decât cred unii oameni – de fapt, tocmai acea atracție ne adusese pe noi, încă de la început, în acea nepământeană pustietate polară. Am văzut mai mulți pinguini în drumul nostru și am speculat cu privire la distanța pe care o mai aveam de străbătut. Gravurile ne lăsaseră să bănuim un drum abrupt la vale de vreun kilometru și jumătate până la abis, dar rătăcirile noastre de până atunci ne arătaseră că nu ne puteam baza în întregime pe estimările referitoare la dimensiune și distanță.

După aproximativ o jumătate de kilometru, mirosul acela oribil s-a accentuat puternic și am început să fim foarte atenți la diversele ieșiri laterale pe lângă care treceam. Nu era vizibilă nici o urmă de vapori ca la gura tunelului, dar asta se datora indubitabil lipsei aerului mai rece. Temperatura creștea cu rapiditate și nu am fost surprinși când am dat de un morman de materiale cutremurător de familiare. Era compus din blănuri și foi de cort luate din tabăra lui Lake. Nu ne-am oprit să studiem formele bizare în care fuseseră crestate pânzele. Ceva mai departe de locul acela, am observat o decisivă creștere a numărului și dimensiunii galeriilor secundare și am tras concluzia că trebuie să fi ajuns deja la regiunea ca un fagure de sub colinele mai înalte. Cumplitul miros era amestecat acum, curios, cu un alt iz doar cu puțin mai supărător, a cărui natură n-o puteam ghici, însă gândul ne zbura la organisme în putrefacție și, poate, necunoscuți fungi subterani. Apoi am descoperit pe neașteptate o extindere a tunelului pentru care gravurile nu ne pregătiseră – o lărgire și o elevare într-o cavernă eliptică, încăpătoare și aparent naturală, având podeaua dreaptă. Cu lungime aproximativă de 22 de metri și lățime de 15, conținea multe pasaje laterale imense, care se afundau în bezna criptică.

Deși peștera aceea era în aparență naturală, la o inspecție cu ambele lanterne a ieșit la iveală că fusese formată prin distrugerea artificială a mai multor pereți dintre galeriile alăturate. Pereții erau aspri și tavanul înalt și boltit era înțesat de stalactite, dar podeaua din rocă solidă fusese netezită și curățată de pietre, mizerii și chiar praf cu o precizie de-a dreptul anormală. Cu excepția căii pe unde veniserăm noi, acest lucru era valabil în cazul tuturor marilor galerii care se deschideau de acolo, iar caracterul excepțional al acestei stări reprezenta o enigmă încâlcită. Noua duhoare bizară care se adăugase miasmei cumplite era extrem de înțepătoare în acel loc, până într-atât încât o acoperea pe cealaltă complet. Ceva din tot acel spațiu, cu podeaua lui lustruită și aproape scânteind de curățenie, ni se părea mult mai derutant și înspăimântător decât orice monstruozitate întâlniserăm până atunci.

Regularitatea pasajului din față, dar și cantitatea mai mare de excremente de pinguin de acolo negau orice confuzie cu privire la traseul corect dintre sumedenia de guri de peșteră la fel de mari. Cu toate astea, am hotărât să începem să lăsăm din nou dâra de hârtie dacă lucrurile aveau să se complice; desigur, la alte urme în praf nu ne mai puteam aștepta. Când ne-am reluat drumul înainte, am îndreptat raza lanternei spre pereții tunelului – și ne-am oprit brusc, uimiți de schimbarea radicală care survenise în cazul gravurilor din locul acela. Ne-am dat seama, desigur, de marea decadență a gravurilor Celor Străvechi de la timpul săpării acelui tunel și într-adevăr observaserăm gradul inferior de măiestrie al arabescurilor din porțiunile întâlnite până atunci. Dar acum, în acea secțiune avansată dincolo de cavernă, exista o bruscă diferență depășind complet orice explicație – o diferență ținând de natura elementară și în același timp de simpla calitate, implicând o degradare a execuției atât de profundă și dezastroasă, încât nimic din gradul de declin observat până atunci nu ar fi putut anticipa așa ceva.

Aceste lucrări noi și degenerate erau brute, îndrăznețe și le lipsea complet detaliul rafinat. Erau săpate exagerat, teșite, în decorațiuni sculpturale care respectau aceeași linie generală precum cartușele rare din secțiunile de dinainte, însă înălțime reliefurilor nu atingea nivelul suprafeței generale. Danforth a avansat ideea că ar fi un al doilea rând de gravuri – un soi de palimpsest format după ștergerea unui desen anterior. Natura lor era în întregime decorativă și convențională, și constau din spirale brute și unghiuri respectând în mare tradiția matematicii în cinci puncte a Celor Străvechi, părând totuși mai mult o parodie decât o continuare a acelui obicei. Nu ne puteam scoate din gând că vreun element subtil, dar profund străin fusese adăugat sentimentului estetic din spatele tehnicii – un element străin, bănuia Danforth, care era răspunzător pentru evident dificila substituție. Semăna – și era totuși tulburător de diferit – cu ceea ce ajunseserăm să recunoaștem drept arta Celor Străvechi, iar mie îmi amintea întruna de lucruri hibride precum diformele sculpturi palmyrene realizate în manieră romană. Prezența unei baterii uzate de lanternă, abandonate pe podea în fața unuia dintre cele mai caracteristice desene, ne arăta că și alții observaseră recent acea centură de gravuri.

Întrucât nu ne permiteam să pierdem timpul studiind problema, ne-am reluat drumul după o privire scurtă; am continuat totuși să îndreptăm lanternele spre pereți ca să vedem dacă nu apăreau și alte schimbări decorative. Nu am mai remarcat nimic de felul acesta, deși gravurile erau acum destul de rare, din cauza numeroaselor guri ale tunelurilor laterale cu podea netedă. Am văzut și am auzit mai puțin pinguini, dar ni s-a părut că distingem vag un zvon infinit de îndepărtat venind din adâncul pământului. Noul și inexplicabilul iz era insuportabil de puternic și abia mai puteam detecta vreo urmă din cealaltă miasmă îngrozitoare. Nori de vapori vizibili în față prevesteau temperaturi tot mai contrastante și apropierea relativă a falezelor mării lipsite de soare din acel imens abis. Apoi, cât se poate de neașteptat, am văzut unele obstacole pe podeaua lustruită din fața noastră – obstacole care nu erau, în cel mai evident mod, pinguini – și am aprins a doua lanternă după ce ne-am asigurat că obiectele erau imobile.

Capitolul 11

Am ajuns din nou într-un punct al poveștii de unde mi-e foarte greu să merg mai departe. De-acum ar trebui să fiu călit, dar există unele experiențe și senzații care lasă urme prea adânci ca să îngăduie vindecarea și care te marchează emoțional atât de puternic, încât numai amintindu-ți de ele și le retrăiești cu toată groaza lor dintâi. Am văzut, după cum am spus, anumite obstacole pe podeaua lustruită din fața noastră, și ar trebui să adaug că nările ne-au fost asaltate aproape simultan de acel straniu iz respingător, ajuns acum la o intensitate paroxistică și amestecat evident cu miasma teribilă a Celorlalți care ne precedaseră. Lumina celei de-a doua lanterne nu lăsa loc de nici o îndoială cu privire la natura acelor obstacole și am îndrăznit să ne apropiem de ele doar pentru că puteam vedea, chiar și de la depărtare, că nu mai aveau putere să ne facă vreun rău, cum nu mai avuseseră nici cele șase specimene similare, dezgropate din monstruoasele morminte tumulare în formă de stea, din tabăra bietului Lake.

Într-adevăr, și acestea erau incomplete, ca majoritatea celor dezgropate de noi – deși ne-a fost clar după balta vâscoasă și verde-închis care creștea în jurul lor că acest fapt era de dată infinit mai recentă. Păreau să fie doar patru la număr, în vreme ce buletinele informative trimise de Lake sugeraseră nu mai puțin de opt în grupul care ne precedase. A le găsi în starea aceea era complet neașteptat și ne-am întrebat ce soi de luptă monstruoasă avusese loc acolo jos, în beznă.

Pinguinii, atacați în grup, ripostează sălbatic cu ciocurile, iar urechile noastre au confirmat acum existența unei colonii în depărtare. Oare Ceilalți deranjaseră o colonie și atrăseseră asupră-le o acțiune ucigașă? Obstacolele nu sugerau asta, căci ciocurile de pinguin n-ar fi putut produce țesuturilor dure pe care le disecase Lake răni atât de teribile cum am zărit apropiindu-ne. Pe deasupra, uriașele păsări oarbe pe care le văzuserăm păreau deosebit de pașnice.

Se iscase atunci o luptă între Ceilalți, iar cei patru absenți erau responsabilii? Dacă da, unde erau? Se aflau oare aproape, o posibilă amenințare iminentă la adresa noastră? Am aruncat priviri anxioase la unele dintre pasajele laterale cu podea netedă, în timp ce ne-am continuat lenta și temătoarea apropiere. Indiferent de natura conflictului, acela fusese evident motivul pentru care pinguinii se speriaseră și, lucru neobișnuit în cazul lor, se împrăștiaseră. Trebuie să se fi iscat, deci, aproape de acea colonie abia audibilă, în hăul incalculabil de departe, întrucât nu exista vreun semn că vreo pasăre ar fi trăit în locul acela în mod normal. Poate, am reflectat noi, se purtase o luptă pe fugă, hidoasă, cei mai slabi căutând să ajungă înapoi la sănii, când urmăritorii îi lichidaseră. Aproape îți puteai închipui bătaia demonică între entitățile monstruoase și teribile în timp ce ieșeau valvârtej din abisul negru precedate de cârduri mari de pinguini înnebuniți, cârâind și lipăind în grabă.

Spuneam că ne-am apropiat de obstacolele acelea incomplete și lăbărțate încet și cu fereală. Mi-aș dori nespus de mult să nu ne fi apropiat deloc de ele, ci să fi fugit înapoi cât ne țineau picioarele spre tunelul nostru odios, cu podelele lui netede și lucioase, și cu desenele murale degenerate parodiindu-le pe cele pe care le înlocuiseră – să fugim înainte să fi văzut ce am văzut și înainte ca în mințile noastre să se imprime ceva ce nu avea să ne mai lase vreodată să respirăm cu ușurință!

Ambele lanterne erau aprinse și îndreptate spre obiectele culcate la pământ, așa încât am înțeles curând factorul dominant al mutilării lor. Așa sfârtecați, zdrobiți, contorsionați și sfredeliți cum erau, principala schilodire suferită de toți era decapitarea totală. Fiecăruia îi fusese înlăturat capul în formă de stea cu tentacule; când ne-am apropiat și mai mult, am văzut că acest lucru fusese realizat mai mult prin smulgere sau absorbție decât prin orice formă comună de tăiere. Ichorul[1] lor pestilențial, verde-închis, forma o baltă mare, în continuă creștere, însă miasma sa era pe

1. În mitologia greacă, sângele zeilor și al celor nemuritori (n.r.).

jumătate acoperită de putoarea aceea nouă și mai ciudată, mai înțepătoare acolo decât în orice alt punct de-a lungul traseului nostru. Doar când am ajuns foarte aproape de obstacolele lăbărțate am reușit să găsim sursa imediată a acelui al doilea iz inexplicabil – și în clipa când am făcut asta, Danforth, amintindu-și anumite gravuri foarte vii din istoria Celor Străvechi din perioada permiană, în urmă cu 150 de milioane de ani, a scos un strigăt sfâșietor, care a răsunat isteric prin acel pasaj arhaic și boltit, dominat de maleficele gravuri în palimpsest.

Puțin a lipsit să strig și eu, căci văzusem la rândul meu acele gravuri primitive și admirasem înfrigurat modul în care artistul anonim sugerase acel hidos strat de mâzgă găsit pe unii Străbuni mutilați și culcați la pământ – cei pe care shoggothii cei înfricoșători îi uciseseră în modul lor caracteristic, descăpățânându-i, în timpul marelui război de resubjugare. Erau gravuri abominabile și coșmarești chiar și numai atunci când istoriseau lucruri de mult trecute, din timpuri imemoriale, întrucât shoggothii și muncile lor nu erau menite a fi văzute de ființele umane sau reprezentate pictural de orice fel de ființe. Autorul nebun al *Necronomiconului* încercase crispat să jure că nici unul nu existase pe această planetă și că doar visătorii aflați sub influența drogurilor și-i putuseră imagina vreodată. Ființe protoplasmice amorfe, capabile să imite și să reflecte toate formele și organele și procesele, aglutinări vâscoase de celule clocotitoare, sferoide gumoase de patru metri și jumătate, extraordinar de plastice și ductile, sclavi ai sugestiei, constructori de orașe, din ce în ce mai ursuzi, din ce în ce mai inteligenți, din ce în ce mai amfibii, din ce în ce mai imitativi – Dumnezeule mare! Ce sminteală i-a făcut chiar și pe acei blasfematori Străbuni să folosească și să modeleze asemenea abominații?

Iar acum, când eu și Danforth am văzut mâzga neagră scânteind și reflectând lumina, atârnând groasă de acele corpuri fără cap și împrăștiind obscen acel nou iz sulfuros îngrozitor, a cărui singură cauză doar o imaginație bolnavă ar fi putut-o concepe, atârnată de acele cadavre și lucind mai puțin pe o parte netedă a peretelui mizerabil gravat încă o dată într-o serie de puncte grupate, am înțeles calitatea fricii cosmice în cele mai mari profunzimi ale ei. Nu era frica de ceilalți patru care lipseau – căci bănuiam prea bine că aceia n-ar fi atacat din nou. Bieții diavoli! În definitiv, nu erau ființe malefice în felul lor. Erau oamenii unei alte epoci și ai unei alte ordini a existenței. Natura le jucase un renghi diabolic – așa cum va juca oricui pe care nebunia, prostia sau cruzimea omenească îl va atrage de aici încolo în acel înfiorător pustiu polar mort sau adormit – și aceasta era tragica lor întoarcere acasă.

Nu fuseseră nici măcar sălbatici – căci, mai exact, ce făcuseră ei? Trezirea aceea îngrozitoare în frigul unei epoci necunoscute – poate un atac din partea patrupedelor acelora îmblănite care lătrau agitate și o apărare confuză din partea lor și la fel de agitații simieni albi încotoșmănați în mod bizar și agitând în mâini lucruri ciudate... bietul Lake, bietul Gedney... și bieții Străbuni! Oameni de știință până în ultima clipă - ce făcuseră ei și n-am fi făcut noi în locul lor? Doamne, ce inteligență și perseverență! Ce confruntare cu incredibilul, exact cum acele ființe gravate, strămoșii lor, se confruntaseră cu lucruri nu mai puțin incredibile! Radiate, vegetale, monstruozități, vlăstari ai stelelor - orice ar fi fost, erau oameni!

Străbătuseră piscurile de gheață pe ale căror pante pline de temple se rugaseră odată și unde hoinăriseră printre ferigile arborescente. Își găsiseră orașul mort, îngropat sub propriu-i blestem și citiseră despre ultimele lui zile în gravuri, la fel ca noi. Încercaseră să ajungă la semenii lor aflați în viață în adâncurile legendare și întunecate pe care ei înșiși nu le văzuseră niciodată - și ce găsiseră? Toate astea ne-au trecut la unison prin gând, mie și lui Danforth, în timp ce ne plimbam privirea de la siluetele acelea fără cap, acoperite cu mâzgă, la detestabilele gravuri-palimpsest și la diabolicele grupuri de puncte formate din mâzgă proaspătă pe peretele de lângă ele - priveam și înțelegeam ce trebuie să fi triumfat și să fi supraviețuit în adâncul acelui ciclopic oraș acvatic aflat în abisul întunecat, mărginit de pinguini, din care chiar în clipa aceea începuse să iasă timid un fuior sinistru de ceață, ca răspuns, parcă, la țipătul isteric al lui Danforth.

Șocul pe care l-am avut când am recunoscut mâzga acelor monștri fără cap ne transformase în statui nemișcate și mute, și doar grație discuțiilor ulterioare am aflat exact ce gânduri ne treceau prin cap în acel moment. Parcă am stat acolo vreme de epoci întregi, când de fapt nu se poate să se fi scurs mai mult de zece sau cincisprezece secunde. Negura aceea oribil de palidă se vălătucea în față de parcă într-adevăr ar fi fost împinsă de un corp uriaș care venea din străfunduri – și apoi s-a auzit un sunet care a răsturnat bună parte din concluziile la care tocmai ajunseserăm și, făcând asta, a spulberat vraja și ne-a permis s-o rupem nebunește la fugă pe lângă pinguinii care țipau năuci, călcându-ne pe propriile urme înapoi spre oraș, de-a lungul magnificelor coridoare de sub gheață, către măretul cerc deschis și în sus pe rampa aceea veche, în spirală, într-o goană automată și turbată aerul sănătos de-afară și lumina zilei.

Noul sunet, așa cum intuiserăm, ne-a dat peste cap, întrucât era ceea ce disecția bietului Lake ne făcuse să atribuim celor pe care tocmai îi crezuserăm morți. Danforth mi-a spus mai târziu că a fost exact ce auzise și el, deși mult mai înăbușit, atunci când ne aflam după colțul aleii, deasupra nivelului gheții; și, într-adevăr, semăna șocant de tare cu fluieratul vântului pe care îl auziserăm amândoi suflând prin peșterile din înaltul muntelui. Cu riscul de-a părea pueril, voi mai adăuga ceva, fie și doar pentru modul surprinzător în care impresia lui Danforth a răsunat în mine. Sigur că lecturile noastre comune sunt cele care ne-au pregătit pe amândoi să ajungem la acea interpretare, deși Danforth făcuse aluzie la unele idei stranii despre sursele nebănuite și interzise la care se poate să fi avut acces Poe atunci când a scris *Aventurile lui Arthur Gordon Pym* în urmă cu un secol. Probabil țineți minte că în acea poveste fantastică apare un cuvânt necunoscut, cu o adâncă și teribilă însemnătate, având legătură cu Antarctica și fiind strigat la nesfârșit de uriașele păsări albe, spectrale, din inima acelei regiuni malefice. *„Tekeli-li! Tekeli-li!“* Asta, trebuie să recunosc, este exact ce ni s-a părut că auzim în sunetul acela neașteptat din spatele pâclei albe, în timp ce acesta venea spre noi – acel fluierat insinuant și muzical, pe o gamă deosebit de largă.

O luaserăm deja la goană când trei note sau silabe au fost rostite, deși știam că iuțeala Celor Străvechi va permite oricărui supraviețuitor al masacrului să ne doboare într-o clipă, dacă asta își doreau cu adevărat. Întrețineam, totuși, o vagă speranță că atitudinea pașnică și afișarea unei judecăți blânde ar face o astfel de ființă să ne cruțe în caz că eram capturați, fie și doar din curiozitate științifică. În definitiv, dacă ființa aceea nu avea de ce să se teamă pentru viața sa, n-ar fi avut nici un motiv să ne facă rău. Fiind inutil să ne mai ascundem în acest punct de răscruce, am aprins lanternele ca să vedem drumul și am observat că pâcla se rărea. Aveam să zărim, în sfârșit, un exemplar întreg și viu al Celorlalți? S-a auzit din nou acel insidios fluierat muzical: *„Tekeli-li! Tekeli-li!“*.

Atunci, văzând că distanța dintre noi și urmăritor chiar creștea, ne-a trecut prin gând că entitatea ar putea fi rănită. Nu ne puteam asuma nici un risc, însă, deoarece era cât se poate de evident că venea după noi ca reacție la strigătul lui Danforth și nu fiindcă ar fi fugit de vreo altă creatură. Momentul era prea apropiat ca să fie loc de îndoială. Cât despre distanța acelui coșmar pe care cu greu ni-l puteam imagina sau măcar pune în cuvinte – acel munte fetid și nevăzut de protoplasmă care împroșca mâzgă, acea rasă care cucerise abisul și îi trimisese pe acei primi înaintași tereștri să sape din nou și să viermuiască prin tunelurile colinelor – nu puteam avansa nici o presupunere. Și am simțit un junghi sincer la gândul că lăsăm acel Străbun probabil infirm – poate un supraviețuitor singuratic – în ghearele pericolului de-a fi recapturat și amenințat de o soartă cumplită.

Slavă cerului că nu am rărit pasul. Negura învălătucită se îngroșase din nou și avansa cu viteză sporită, în vreme ce pinguinii rătăciți din spatele nostru piuiau și strigau și dădeau semne de panică cu adevărat surprinzătoare ținând cont de agitația relativ ușoară atunci când trecuserăm pe lângă ei. Încă o dată s-a auzit acel șuierat sinistru ca de vânt: *„Tekeli-li! Tekeli-li!“*. Ne înșelaserăm. Ființa nu era rănită, ci doar se oprise când întâlnise corpurile semenilor ei căzuți și inscripția cu mâzgă infernală de deasupra lor. N-am putea vreodată să aflăm ce însemna acel mesaj demonic – dar mormintele din tabăra lui Lake ne demonstraseră cât de mare era importanța dată de acele ființe morților lor. Lanterna pe care o foloseam cu nesăbuință ne-a dezvăluit în față peștera mare și deschisă în care convergeau mai multe drumuri și am lăsat bucuroși în urmă morbidele gravuri-palimpsest, aproape plate când nu le priveai atent.

Alt gând pe care ni l-a insuflat apariția peșterii a fost posibilitatea de-a ne pierde urmăritorul în acel năucitor loc de convergență al marilor galerii. În spațiul deschis erau mai mulți pinguini albinoși orbi și ne-a fost limpede că teama lor de entitatea care se apropia e atât de mare, încât nici nu poate fi exprimată. Dacă în acel moment am fi redus lumina lanternei la intensitatea minimă necesară înaintării noastre, îndreptând-o doar în față, mișcările uriașelor păsări speriate și cârâitul lor în negură ne-ar fi putut acoperi zgomotul pașilor, protejându-ne adevăratul traseu și, într-un fel, punându-ne urmăritorii pe o pistă falsă. Învăluită în negura care se învălătucea în spirală, dincolo de locul acela, podeaua mată și murdară a tunelului principal, atât de diferită de văgăunile celelalte, lustruite exagerat, cu greu avea trăsături prea distinctive, chiar și, atât cât intuiam noi, pentru acele simțuri speciale care îi făceau pe Cei Străvechi parțial, chiar dacă imperfect autonomi de lumină în situații de urgență. De fapt, ne temeam întru câtva să nu rătăcim noi înșine calea, în graba noastră. Căci hotărâserăm, desigur, să ținem drumul drept spre orașul mort, deoarece, dacă ne rătăceam în tunelurile ascunse din acele coline, consecințele ar fi fost inimaginabile.

Faptul că am supraviețuit și am ieșit la liman e dovadă suficientă că arătarea a luat-o într-adevăr pe o galerie greșită, în vreme ce noi, din fericire, am luat-o pe cea bună. Pinguinii singuri nu se poate să ne fi salvat, dar, ajutați de negură, se pare că asta s-a întâmplat. Numai soarta bună a făcut ca vaporii învolburați să fie suficient de denși la momentul potrivit, căci se mișcau întruna și amenințau să se risipească. De fapt, chiar s-au ridicat pentru o secundă înainte să ieșim din amețitorul tunel regravat, ajungând în peșteră, așa încât am întrezărit o primă și singură frântură din entitatea în mișcare, atunci când am aruncat o ultimă privire disperată înapoi, înainte să stingem lanterna și să ne amestecăm printre pinguini, cu speranța că ne vom pierde urma. Dacă soarta care ne-a ajutat a fost bună, cea care ne-a făcut să zărim entitatea a fost de-o răutate infinită, de vreme ce acelei imagini întrevăzute i se poate atribui jumătate din toată groaza care de atunci nu ne-a mai dat pace.

Motivul exact pentru care ne-am uitat înapoi încă o dată a fost, poate, nimic mai mult decât instinctul imemorial al vânatului de-a afla natura și apropierea vânătorului; sau poate a fost o încercare reflexă de-a răspunde la o întrebare subconștientă ridicată de unul dintre simțurile noastre. În febra fugii, concentrându-ne total asupra evadării, nu am fost în stare să observăm și să analizăm detalii; chiar și așa, celulele noastre cerebrale latente trebuie să se fi arătat intrigate de mesajul pe care-l aduceau nările. După aceea ne-am dat seama ce a fost – că retragerea noastră din calea acelor obstacole fetide fără cap și acoperite de mâzgă, la fel ca și întâmplătoarea apropiere a entității, nu ne aduseseră schimbul de miasme pe care logica l-ar fi cerut. În vecinătatea ființelor doborâte la pământ, izul acela pestilențial, nou și în definitiv inexplicabil, fusese dominant, dar ar fi trebuit deja să facă loc în bună parte putorii oribile asociate cu Ceilalți. Lucrul acesta nu se întâmplase, căci, în schimb, mirosul mai nou și mai greu de îndurat era acum aproape nediluat și devenea din ce în ce mai otrăvitor cu fiecare secundă.

Așa că am aruncat o privire înapoi – simultan, aparent, deși, fără îndoială, primul semn de mișcare din partea unuia l-a făcut pe celălalt să-l imite. Când am făcut asta, am îndreptat ambele lanterne spre ceața care se subția chiar atunci fie dintr-o simplă nerăbdare primitivă de-a vedea tot ce puteam, fie într-o încercare mai puțin primitivă, dar la fel de inconștientă de-a orbi entitatea înainte de-a stinge lumina și a ne strecura printre pinguinii din mijlocul labirintului. Nefericită decizie! Nici Orfeu însuși și nici soția lui Lot nu au plătit mai scump o privire azvârlită înapoi. Și s-a auzit din nou acel fluierat șocant, într-o gamă largă: *„Tekeli-li! Tekeli-li!“*.

Mai bine să fiu sincer – chiar dacă nu pot îndura să fiu atât de direct – și să spun ce am văzut, deși la momentul acela am simțit că nu puteam recunoaște faptul nici măcar unul față de celălalt. Cuvintele care ajung la cititor nu se pot apropia măcar de caracterul cumplit al acelei imagini. Ne-a înghețat mințile atât de tare, încât mă mir că ne-a mai rămas destulă inteligență ca să stingem lanternele, așa cum plănuiserăm, și s-o rupem la fugă prin tunelul din dreapta, spre orașul mort. Probabil că am fost purtați doar de instinct - poate mai bine decât ar fi putut s-o facă rațiunea. Deși, dacă asta e ce ne-a salvat, prețul a fost mare. Oricum, rațiune nu ne mai rămăsese decât puțină.

Danforth se pierduse complet cu firea și primul lucru pe care mi-l amintesc din restul călătoriei e că îl auzeam bolborosind afazic o formulă isterică, a cărei relevanță smintită numai eu, din toată omenirea, o puteam înțelege. Răsuna în falset printre țipetele pinguinilor, răsuna prin galeriile din față și - slavă cerului! - prin noile galerii goale din spate. Nu se poate să fi început brusc - altminteri, n-am mai fi fost în viață, alergând orbește. Mă cutremur gândindu-mă ce urmări ar fi avut și cea mai mică reacție nervoasă a sa.

— South Station Under... Washington Under... Park Street Under... Kendall... Central... Harvard...

Bietul nefericit recita stațiile familiare ale tunelului Boston-Cambridge care străbătea pământul nostru natal aflat la mii de kilometri distanță, în Noua Anglie, și totuși pentru mine ritualul nu era nici irelevant și nici nu-mi insufla dor de casă. Conținea doar oroare, căci cunoșteam exact monstruoasa și nefasta analogie care îl generase. Privind înapoi, ne așteptaserăm să vedem o entitate teribilă și incredibilă, dacă pâcla ar fi fost destul de rară; dar cu privire la acea creatură ne formaserăm o idee clară. Ceea ce am văzut de fapt – întrucât pâcla se rărise într-adevăr insuportabil de tare – era ceva cu totul diferit și infinit mai hidos și detestabil. Era întruchiparea extremă, obiectivă a „ființei care nu ar trebui să existe" din fantezia romancierului, iar cea mai apropiată analogie inteligibilă este o garnitură lungă de metrou, gonind cu viteză, așa cum o vezi de pe un peron – botul mare și negru profilându-se colosal din nesfârșita zare subterană, înconjurat de lumini în culori bizare și umplând tunelul cel mare așa cum un piston umple un cilindru.

Noi însă nu eram pe un peron. Ne aflam într-un tunel, în timp ce flexibila coloană coșmarescă de irizații fetide și întunecate se prelingea înainte, înghesuindu-se prin sinusul ei de patru metri și jumătate, prinzând o viteză nepământeană și împingând în față un nor în spirală, tot mai dens, de vapori palizi ai abisului. Era o arătare teribilă și de nedescris, mai mare decât orice garnitură de metrou din lume – un conglomerat amorf de bule protoplasmatice, emanând o lumină slabă, cu miriade de ochi temporari luând formă și dispărând ca niște pustule de lumină verzuie pe toată întinderea botului care umplea tunelul și care se apropia amenințător de noi, strivind pinguinii agitați și alunecând pe podeaua lucioasă pe care el și cei asemenea lui o netezisera atât de bine, curățând-o de orice moloz. Se auzea în continuare strigătul acela persiflant, tainic: „*Tekeli-li! Tekeli-li!*". Și, în cele din urmă, ne-am amintit că shoggothii demonici – cărora doar Cei Străvechi le dăduseră viață, cuget și organe elastice și, neavând vreo altă limbă decât cea exprimată de grupurile de puncte, nu aveau, de asemenea, nici voce, cu excepția sunetelor stăpânilor demult dispăruți, pe care le imitau.

Capitolul 12

Eu și Danforth ne amintim cum am ieșit în marea emisferă gravată și cum ne-am croit drum înapoi pe unde veniserăm, prin încăperile și coridoarele ciclopice ale orașului mort; totuși, acestea sunt simple crâmpeie de vis care nu implică deloc amintirea voinței, amănuntelor sau epuizării fizice. Era ca și când am fi plutit într-o lume nebuloasă sau o dimensiune atemporală, unde relația de cauză și efect a fost suprimată și nu ai după ce să te orientezi. Semilumina cenușie a mărețului spațiu circular ne-a trezit întru câtva simțurile, însă nu ne-am apropiat de săniile ascunse și nici nu ne-am uitat din nou la bietul Gedney și la câine. Au parte de un bizar și titanic mausoleu și sper că sfârșitul acestei planetei îi va găsi încă netulburați.

Abia când ne opinteam să urcăm colosala pantă în spirală am simțit prima dată teribila oboseală pe care ne-o dăduse cursa prin aerul rarefiat de pe platou. Dar nici măcar teama de-a nu cădea nu ne putea face să ne oprim înainte să ajungem în lumea exterioară firească, sub cer și soare. Era ceva vag potrivit la modul în care părăseam acele epoci îngropate, căci în timp ce urcam gâfâind pe cilindrul de 18 metri de zidărie primitivă, am zărit alături de noi o procesiune continuă de gravuri eroice realizate după tehnica timpurie și neafectată a rasei moarte – un mesaj de rămas-bun adresat de Cei Străvechi, săpat cu cincizeci de milioane de ani în urmă.

Ajungând în cele din urmă sus, ne-am găsit pe un morman uriaș de blocuri prăbușite, pereții curbați de piatră înălțându-se către vest, iar piscurile înnegurate ale măreților munți ițindu-se dincolo de structurile mai ruinate către est. Soarele jos al Antarcticii la miez de noapte se zărea roșu în partea sudică a orizontului, prin spărturile colțuroase ale ruinelor, iar teribila vechime și moarte a orașului de coșmar păreau cu atât mai evidente prin contrast cu astfel de lucruri relativ cunoscute și obișnuite, precum trăsăturile peisajului polar. Deasupra, cerul era o masă opalescentă de vapori fini de gheață și frigul ne strângea ca o gheară organele vitale. Osteniți, lăsând jos ranițele de care ne agățaserăm instinctiv în timpul fugii disperate, ne-am îmbrăcat iarăși hainele groase, pregătindu-ne pentru coborârea anevoioasă și pentru drumul prin labirintul de piatră veche de eoni spre colinele unde ne aștepta avionul. Despre ce ne pusese pe fugă în adâncurile tainice și ancestrale ale pământului întunecat nu am scos o vorbă.

În mai puțin de un sfert de oră, am găsit panta abruptă a colinelor – probabil antica terasă – pe unde coborâserăm și am putut vedea forma întunecată a avionului nostru printre ruinele rare de pe povârnișul din față. La jumătatea distanței spre acesta, ne-am oprit pe colină să ne tragem sufletul o clipă și ne-am întors să ne uităm din nou la fantasticul amestec de incredibile forme de piatră de mai jos, încă o dată reliefate mistic pe fundalul vestului necunoscut. Făcând asta, am văzut că cerul din spate își pierduse încețoșarea dimineții; vaporii de gheață agitați se mutaseră spre zenit, unde contururile lor înșelătoare păreau pe cale să descrie un desen bizar, căruia se temeau să-i dea claritate perfectă.

La orizontul alb, dincolo de orașul grotesc, se vedea acum o linie palidă, fermecată, de piscuri violet ale căror vârfuri ascuțite se înălțau ca într-un vis pe fundalul cerului vestic, roșu, ademenitor. Spre acea buză pâlpâitoare se înclina platoul ancestral, albia adâncă a râului secat traversându-l ca o panglică neregulată, umbrită. Preț de o secundă, ne-am ținut respirația, admirând frumusețea cosmică, nepământeană a scenei, după care o groază vagă a început să ni se insinueze în suflet. Căci acea linie violetă, îndepărtată, nu putea fi altceva decât teribilii munți ai pământului interzis, cu cele mai înalte culmi de pe pământ și concentrând tot răul din lume, adăpostind orori incredibile și secrete arhaice, ocoliți și proslăviți de cei care se temuseră să le graveze însemnătatea, necălcați de vreo ființă de pe pământ, dar vizitați de fulgere sinistre și trimițând raze ciudate peste câmpii în noaptea polară – fără îndoială, arhetipul necunoscut al acelei temute cetăți Kadath din Pustiul Rece aflat dincolo de detestabilul Leng, despre care vorbesc cu fereală legendele păgâne din vechime. Noi eram primele ființe umane care îi vedeau – și sper pe tot ce am mai scump pe lume ca noi să fim și ultimele.

Dacă hărțile gravate și picturile din acel oraș preuman spuneau adevărul, acei criptici munți violeți nu puteau fi la mai puțin de 480 de kilometri depărtare; cu toate astea, palida lor esență fantastică se sumețea nu mai puțin ascuțit deasupra acelei buze înzăpezite și îndepărtate, aidoma marginii zimțate a unei monstruoase planete extraterestre pe cale a se ridica în tării insolite. Înălțimea lor, deci, trebuie să fi depășit cu mult orice termen de comparație – urcându-i spre rarefiatele straturi atmosferice populate de spectre gazoase precum cele despre care unii zburători nechibzuiți, abia scăpați cu viață după neașteptate prăbușiri, au fost în stare să șoptească. Uitându-mă la ei, m-am gândit cu încordare la ceea ce sugerau câteva gravuri că adusese în oraș marele râu secat pe pantele sale blestemate – și m-am întrebat câtă rațiune și câtă nebunie stăpâniseră fricile Celor Străvechi, care le sculptaseră cu atâta reticență. Mi-am amintit că partea lor dinspre nord probabil ajunge aproape de coasta Ținutului Reginei Maria, unde chiar în clipa aceea expediția lui Sir Douglas Mawson opera fără îndoială la distanță de mai puțin de 1.600 de kilometri. Și am sperat că soarta malefică nu îi va face pe Sir Douglas și pe oamenii lui să zărească ce se află îndărătul masivului protector de pe coastă. Acestea erau gândurile care mă afectau în parte în clipa aceea, iar Danforth părea să o ducă și mai rău.

Cu toate astea, cu mult înainte să trecem pe lângă marea ruină în formă de stea și să ajungem la avion, temerile noastre s-au îndreptat spre masivul mai mic și totuși destul de vast a cărui traversare ne aștepta. De pe acele coline, pantele negre și presărate de ruine urcau îndrăznețe și hidoase către est, amintindu-ne din nou de acele stranii tablouri asiatice ale lui Nicholas Roerich; iar când ne-am gândit la tunelurile blestemate dinăuntrul lor și la înfricoșătoarele entități amorfe care, poate, viermuiau fetid până în vârful turnurilor goale, nu puteam contempla fără panică perspectiva de-a survola iarăși acele guri de peșteră aflate la înălțime, unde vântul scotea sunete semănând cu un malefic fluierat muzical într-o gamă largă. Pentru a înrăutăți lucrurile, în jurul mai multor culmi am remarcat urme clare de ceață – așa cum trebuie să fi văzut și bietul Lake când confundase fenomenul cu activitatea vulcanică – și ne-am gândit, tremurând, la pâcla aceea de care tocmai scăpaserăm, la ea și la abisul diabolic și dospind de oroare din care ieșeau vaporii aceia.

Totul era în regulă cu avionul. Stângaci, ne-am tras pe noi blănurile grele de zbor. Danforth a pornit motorul fără probleme și am decolat lin pe deasupra orașului coșmaresc. Sub noi, primordialele clădiri ciclopice se întindeau ca atunci când le văzuserăm prima dată – cu atât de puțin, și totuși infinit de mult timp în urmă – și am început să urcăm și să ne întoarcem pentru a testa vântul în vederea traversării prin trecătoare. La un nivel foarte înalt trebuie să fi fost mari turbulențe, căci norii din pulbere de gheață de la zenit făceau tot felul de lucruri fantastice; dar la 7.300 de metri, altitudinea necesară pentru a traversa, am descoperit că putem zbura fără dificultate. Pe măsură ce ne apropiam de piscurile semețe, am început să auzim din nou șuieratul ciudat al vântului, și atunci am văzut că mâinile lui Danforth tremurau pe manșă. Chiar amator cum eram, credeam că în clipa aceea m-aș descurca mai bine decât el la manevrarea aparatului printre piscuri. Și când am schițat gestul de-a schimba locul cu el, manifestându-mi dorința să preiau manșa, nu s-a împotrivit. Am încercat să dau dovadă de toată priceperea și stăpânirea de sine posibile și mi-am ațintit ochii spre porțiunea de cer roșcat dintre pereți trecătorii – refuzând cu îndârjire să dau atenție vălătucilor de vapori din vârful muntelui și dorindu-mi să am urechile înfundate cu ceară, precum oamenii lui Ulise în largul coastei sirenelor, ca fluieratul acela deranjat al vântului să nu-mi tulbure mintea.

Dar Danforth, eliberat din funcția de pilot și încordat periculos de tare, nu putea păstra tăcerea. Am simțit când s-a întors și s-a foit, uitându-se înapoi la teribilul oraș care se îndepărta, înainte la piscurile pline de peșteri și împodobite cu blocuri cubice de piatră, în lateral, la posomorâta mare a colinelor înzăpezite și presărate cu bastioane, sau în sus la cerul bolborositor, înnorat grotesc. Chiar atunci, tocmai când încercam să străbat trecătoarea în condiții de siguranță, țipătul lui nebunesc ne-a adus atât de aproape de dezastru, spulberându-mi precara stăpânire de sine și făcându-mă, preț de o clipă, să manevrez manetele stângaci și neputincios. O secundă mai târziu, hotărârea mea a avut câștig de cauză și-am reușit să ajungem teferi de partea cealaltă. Cu toate astea, mă tem că Danforth nu va mai fi nicicând același om.

Am spus că Danforth a refuzat să-mi destăinuie ce oroare finală l-a făcut să țipe în felul acela descreierat – o oroare care, sunt din păcate sigur, e în cea mai mare măsură răspunzătoare pentru actuala lui cădere nervoasă. Când am ajuns de cealaltă parte a munților și am început să planăm încet spre tabără, am purtat o discuție în frânturi de cuvinte strigate peste șuieratul vântului și huruitul motorului, dar asta s-a datorat în mare parte jurământului de taină pe care îl făcuserăm pe când ne pregăteam să părăsim orașul coșmaresc. Unele lucruri, căzuserăm de acord, nu erau menite să ajungă la cunoștința oamenilor, ca să discute despre ele luându-le în derâdere – nici eu nu aș vorbi acum despre ele dacă nu ar fi nevoia descurajării acelei expediții Starkweather-Moore și a altora, cu orice preț. Este absolut necesar, pentru pacea și siguranța omenirii, ca unele dintre ungherele întunecate și moarte ale planetei și adâncimile ei nesondate să fie lăsate în pace; în caz contrar, abominațiuni adormite s-ar putea trezi la viață și oribile ființe de coșmar ar ieși din văgăuna lor, viermuind și luându-și avânt spre noi și mari cuceriri.

Tot ce a spus vreodată Danforth a fost că oroarea finală e un miraj. Nu are nici o legătură, afirmă el, cu cuburile și peșterile din munții nebuniei pe care îi traversaserăm, acel masiv ca un fagure viermănos, plin de ecouri și vapori; e, în schimb, o singură imagine fantastică, demonică, zărită în treacăt printre norii agitați de la zenit, o imagine a ceea ce se află în spatele acelor munți violeți dinspre vest, un lucru de care Cei Străvechi se temeau și pe care-l ocoleau. E foarte posibil să nu fi fost decât o simplă iluzie născută din tensiunile acumulate în perioada dinainte și mai târziu, după mirajul adevărat, deși nerecunoscut, al orașului transmontan mort observat în apropierea taberei lui Lake cu o zi înainte. A fost însă ceva atât de real pentru Danforth, că încă mai suferă de pe urma ei.

Cu rare ocazii, a șoptit lucruri dezlânate și iresponsabile precum „hruba întunecată", „buza peșterii", „protoshoggothii", „construcțiile solide și fără ferestre, în cinci dimensiuni", „cilindrul înfiorător", „Pharos cel străvechi", „Yog-Sothoth", „materia primară albă", „culoarea din afara spațiului", „aripile", „ochii din beznă", „scara-lunii", „originalii, eternii, nemuritorii" și alte sintagme bizare; totuși, când își revine complet în simțiri, respinge toate acestea și le pune pe seama lecturilor sale curioase și macabre din anii tinereții. Se știe, într-adevăr, că Danforth este printre puținii care au cutezat vreodată să citească până la capăt acel exemplar ros de cari al *Necronomiconului* ținut sub lacăt în biblioteca de la colegiu.

Înălțimile cerului, atunci când am traversat muntele, erau dominate de vapori agitați și, chiar dacă nu am văzut zenitul, îmi pot imagina cu ușurință că vălătucii lui de pulbere de gheață luaseră forme ciudate. Imaginația, știind ce viu pot fi uneori reflectate scenele îndepărtate, refractate și mărite de acele straturi de nori agitați, putea foarte ușor să ofere restul – și sigur că Danforth n-a suflat o vorbă despre vreuna dintre acele orori decât după ce memoria lui a avut ocazia să facă apel la lectura aceea de demult. E imposibil să fi cuprins atât de multe într-o imagine abia întrezărită.

În acele clipe, însă, țipetele lui s-au limitat la repetarea unui singur cuvânt aiuritor, a cărui sursă era mult prea evidentă:

— *Tekeli-li! Tekeli-li!*

Sfârșit

În colecția TOP 10+

au apărut:

460. Vladimir Nabokov, *Povestiri*
461. M.L. Stedman, *Lumina dintre oceane*
462. Bogdan Suceavă, *Avalon. Secretele emigranților fericiți*
463. Anna Gavalda, *Aș vrea să mă aștepte și pe mine cineva*
464. Arthur Schnitzler, *Domnișoara Else • Între vise*
465. George Orwell, *Drumul spre Wigan Pier*
466. Philippa Gregory, *Blestemul regelui*
467. Marta Petreu, *Acasă, pe Câmpia Armaghedonului*
468. George Orwell, *Fără un sfanț prin Paris și prin Londra*
469. Andreï Makine, *Femeia care aștepta*
470. N.V. Gogol, *Taras Bulba*
471. Tudor Ganea, *Cazemata*
472. Elif Shafak, *Ucenicul arhitectului*
473. Olga Tokarczuk, *Ultimele povestiri*
474. Andrei Dósa, *Ierbar*
475. Albert Camus, *Ciuma*
476. Ian McEwan, *Coajă de nucă*
477. H.P. Lovecraft, *Chemarea lui Cthulhu și alte povestiri*
478. Friedrich Dürrenmatt, *Pana de automobil. O poveste încă posibilă*
479. Charles Bukowski, *De duzină*
480. Vladimir Nabokov, *Mașenka*
481. Irving Stone, *Viața lui Freud* (vol. I: *Turnul nebunilor*)
482. Irving Stone, *Viața lui Freud* (vol. II: *Paria*)
483. Amin Maalouf, *Periplul lui Baldassare*
484. Truman Capote, *O vară de răscruce*
485. Jack Kerouac, *Vagabonzii Dharma*
486. Lev Tolstoi, *Adolescența • Tinerețea*
487. Mika Waltari, *Romanul*
488. Jonathan Franzen, *Puritate*
489. Bulat Okudjava, *L'amour toujours*
490. Amin Maalouf, *Leon Africanul*

491. Naghib Mahfuz, *Pălăvrăgeală pe Nil*
492. Umberto Eco, *Numărul zero*
493. Günter Grass, *Pisica și șoarecele*
494. Lev Tolstoi, *Hagi Murad*
495. Simona Antonescu, *Darul lui Serafim*
496. Alberto Moravia, *Amorul conjugal*
497. Cinghiz Aitmatov, *Eșafodul*
498. Alberto Moravia, *Iubitul nefericit*
499. Florian Illies, *1913: Vara secolului*
500. Elif Shafak, *Cele trei fiice ale Evei*
501. H.P. Lovecraft, *Dagon și alte povestiri macabre*
502. Sjón, *Vulpea albastră*
503. Diana Bădica, *Părinți*
504. Erich Maria Remarque, *Soroc de viață și soroc de moarte*
505. H.P. Lovecraft, *Prizonierul faraonilor*
506. Ivo Andrić, *E un pod pe Drina...*
507. Günter Grass, *Ani de câine*
508. André Aciman, *Strigă-mă pe numele tău*
509. Hiromi Kawakami, *Vreme ciudată la Tokio*
510. Umberto Eco, *Insula din ziua de ieri*
511. E.T.A. Hoffmann, *Părerile despre viață ale motanului Murr*
512. Haruki Murakami, *1Q84* (vol. 1)
513. Haruki Murakami, *1Q84* (vol. 2)
514. Haruki Murakami, *1Q84* (vol. 3)
515. Jonathan Franzen, *Al 27-lea oraș*
516. Nicolae Breban, *Animale bolnave*
517. John Fowles, *Daniel Martin*
518. Hiromi Kawakami, *Prăvălia de mărunțișuri a domnului Nakano*
519. Henryk Sienkiewicz, *Prin foc și sabie* (vol. 1)
520. Henryk Sienkiewicz, *Prin foc și sabie* (vol. 2)
521. Heinrich von Kleist, *Legenda lui Michael Kohlhaas (Dintr-o cronică veche)*
522. H.P. Lovecraft, *În munții nebuniei*

în pregătire:

Ivo Andrić, *Povestiri din singurătate*

www.polirom.ro

Redactor: Cristina Ștefan
Coperta: Carmen Parii
Tehnoredactor: Constantin Mihăescu

Bun de tipar: octombrie 2020. Apărut: 2020
Editura Polirom, B-dul Carol I nr. 4 • P.O. BOX 266
700506, Iași, Tel. & Fax: (0232) 21.41.00; (0232) 21.41.11;
(0232) 21.74.40 (difuzare); E-mail: office@polirom.ro
București, Splaiul Unirii nr. 6, bl. B3A,
sc. 1, et. 1, sector 4, 040031, O.P. 53
Tel.: (021) 313.89.78; E-mail: office.bucuresti@polirom.ro

Tiparul executat la S.C. LUMINA TIPO s.r.l.
str. Luigi Galvani nr. 20 bis, sect. 2, București
Tel./Fax: 211.32.60, 212.29.27, E-mail:office@luminatipo.com

Contravaloarea timbrului literar se depune în contul
Uniunii Scriitorilor din România
Nr. RO44RNCB5101000001710001 BCR UNIREA